品嘗好書　冠群可期

大金塊

江戶川亂步

品冠文化出版社

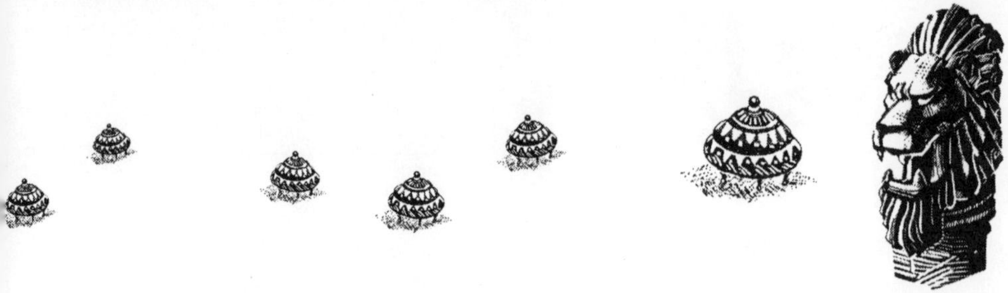

目錄

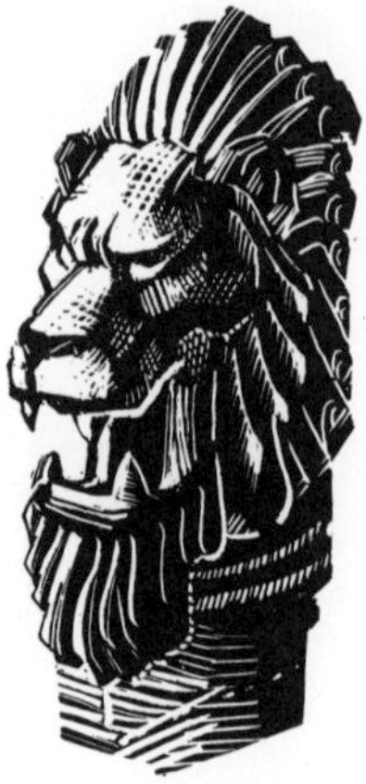

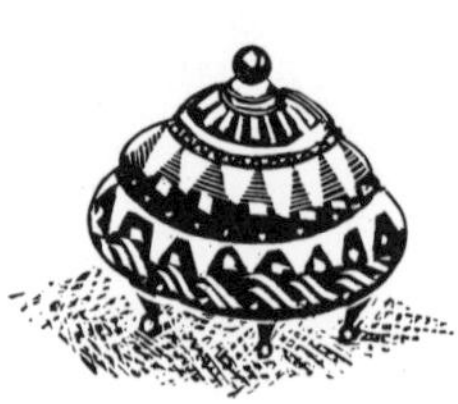

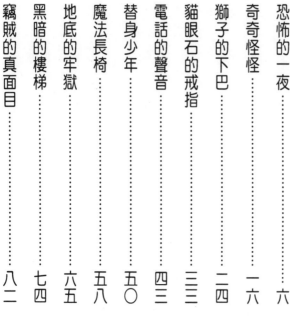

大金塊

少年偵探④

大金塊

江戶川亂步

恐怖的一夜

小學六年級學生宮瀨不二夫，獨自一人留在偌大的屋裡看家。

宮瀨家座落於東京西北盡頭荻窪的寂靜山丘上。這棟住宅是不二夫的伯父蓋的。伯父過世後，因為沒有子嗣，所以房子變成不二夫的父親的。一年前，不二夫一家遷居到此處。

建造這棟房子的不二夫的伯父，是位性格非常古怪的人，一生未娶。他不喜歡交際應酬，總是待在家裡把玩古董。因為這棟房子是那位伯父蓋的，因此，連這棟房子的結構都很怪異。

這是一棟有十二間房間，水泥式的兩層樓洋房。紅瓦蓋的屋頂形狀奇特，猶如城堡一般。屋頂上還矗立著現在十分罕見——煤炭火爐的四角煙囪，讓整棟房子的外觀看起來更奇妙。

屋內的隔間也很奇怪。走廊蜿蜒曲折，不過，每個房間擺設的豪華美術品，正好反映出這個愛玩古董的伯父的嗜好。

一樓寬闊的客廳就好像美術陳列室似的，陳列了各種精緻昂貴的美術品。牆壁上的西洋名畫，以及特地從國外進口的名人打造的桌椅、波斯地毯等，全都價值不菲。

宮瀨不二夫在華美的房間內，剛躺下床上。

父親因為公司有事，今晚不在家，所以不二夫必須獨自一人看著偌大的屋宅。雖然家裡還有一些工讀學生和傭人，但房間都距離甚遠。再加上全都是雇用的人，因此，不像父親在家那樣令人安心。

不二夫的母親在哪裡呢？原來他那溫柔的母親早在四年前就逝世了。現在宮瀨家中只剩父親和不二夫兩人。

春天的夜裡，床邊的時鐘指示已經過了十點。平常的二夫，在這時早已就寢，但是，今晚不知怎麼回事，遲遲無法入睡。天氣雖然不冷，

卻覺得背脊發涼，既寂寞又害怕。已經是六年級的學生，當然不能這麼膽小。可是無論他再怎麼鼓勵自己，心裡還是害怕不已，不禁豎耳傾聽窗外的聲響。

上床之前，真的不應該看書。那是一本描述可怕盜賊出沒的西方故事書。插圖中，盜賊猙獰的模樣就算想忘也忘不了。不二夫覺得那個盜賊彷彿就在窗外窺伺著自己，內心的不安逐漸擴大。

窗戶被厚厚的針織窗簾遮蓋，所以看不到外面。窗簾後方的玻璃窗外，是一片空曠的大庭院。庭院裡種植了高大茂密的樹木，也許可疑的黑影正從樹下躡手躡腳的朝這裡逼近，想到這裡，不二夫不禁全身發抖的縮在毛毯裡面。

寬廣的洋房就好像空屋似的，寂然無聲，只有床畔時鐘的秒針滴答滴答的響著。秒針奇怪的節奏，彷彿有人在說話一般，不由得增添了詭異的氣氛。

不二夫緊閉雙眼，希望自己能夠趕快睡著，可是內心一直無法平靜下來，怪異的想法不斷竄入腦海中。

「對了，那本書的故事是說，盜賊將可怕的信件，不知從什麼地方，塞入緊閉的房間裡，而且故事中的女孩，也和我一樣正躺在床上睡覺。白紙就這樣飄落在她的臉旁邊。」

想到這裡，不二夫突然害怕同樣的事情，會發生在他身上，嚇得毛骨悚然。可能是因為恐懼的心理作祟，他覺得天花板好像有東西飄落，空氣微微振動。

「怎麼可能？怎麼會有這種事！」

不二夫像在嘲笑自己膽小似的，突然睜開眼睛，結果——

「看吧！根本沒有東西掉下來。」

彷彿在說給自己聽般喃喃說道。

可是，就在他抬頭看向天花板時，不二夫嚇得目瞪口呆，差點就

「啊！」的大喊出來。

故事書裡描述的情節赫然發生在眼前。的確有一張白紙正飄啊、飄啊的，飄落在不二夫臉上。

懷疑自己是不是在作夢？不二夫一動也不動的躺著。怎麼可能會發生這種詭異的事情呢？

但這確實不是夢，也不是幻覺。真的有白紙在空氣中飄盪，拂過臉龐，落在床上的毛毯上。

不二夫縮著身體，瞪著那張紙。心中疑惑著，不知道紙上寫些什麼，不去確認，根本無法安心。

「該不會像故事那樣，是竊賊的恐嚇信吧！」

想到此處，全身冷汗直流，顫慄不已。可是，不弄清楚真相，心裡就覺得不舒坦，於是，從毛毯裡伸出手去拿那張紙。就著枕邊床頭燈的微光，閱讀信中的內容。

紙上有字，是用鉛筆寫的。

雖說不二夫因為恐懼，不太敢看這封信，但是眼睛還是不由自主的盯著信裡的字句瞧。不一會兒就讀完信的不二夫，嚇得臉色蒼白。

這也是無可厚非的事，因為信裡寫著可怕的內容。

> 不二夫：
>
> 無論發生什麼事情，到明天早上之前，你絕對不可以離開床，也不可以發出聲音，你只管閉著眼睛睡覺就可以了。如果你大吵大鬧，可能會遭遇不測。覺得害怕就躲在棉被裡不要亂動，只要躲著不動，你就安全了。想要命就乖乖別動。

看完信的不二夫，害怕得無法思考，腦中一片空白。等到冷靜下來之後，心裡疑雲漸生。

「為什麼，到底為什麼要我待在床上不要亂動？一定是會發生一些讓我無法一直待在床上的奇怪事情。可是，到底會發生什麼可怕的事呢……這封信又是從哪兒飄下來的？天花板應該沒有縫隙呀！而且窗戶也都關上了……」

正在思索的同時，房內突然有冷風吹來。

「咦！窗戶好像打開了？」

他不禁視線移向窗戶那邊。原以為會看到面對庭院的那扇窗戶後的窗簾，不料看到的光景卻讓不二夫的雙眼圓瞪，一臉彷彿快要哭出來似的扭曲著。

原來，他從窗簾的縫隙處發現有一枝手槍的槍口正對著自己，而且曳地的窗簾下方，露出兩隻長靴。

是歹徒！歹徒躲在窗戶的窗簾後面，威脅著不二夫。一定就是他把信扔過來的。

歹徒屏氣凝神，文風不動的站著。看不見他的長相，只看得到手槍兩側的窗簾澎起，以及下方露出的一雙長靴。

不過，因為看不到對方的模樣，所以使人更加可疑。如果知道他是哪個傢伙還好，就是因為完全不知道對方是誰，才害怕他是妖怪，心底不禁升起一股寒意。

故事裡描寫被盜賊威脅的女孩嚇得牙齒打顫。記得當時看到這裡，還覺得奇怪的想著：「牙齒打顫是什麼模樣啊？」現在不二夫已經可以完全體會女孩的心情。上下的牙齒不斷的打顫，全身顫抖，打顫的牙齒完全停不下來。

就這樣，捲曲著身體的不二夫，渾身顫抖，僵硬得無法動彈。根本沒想到要不理歹徒的威脅呼救或逃出房間，因為他知道如果自己這麼做，手槍就會射出子彈，奪走自己的性命。

這個房間是父親和自己一起睡的臥房，所以，可以看見對面父親的

床空盪盪的。床邊有一個叫喚鈴，只要跑個兩、三公尺，按下鈴，就可以叫人來了。

可是，不二夫根本無法跑到那裡。因為在他下床踏到地板，開始跑時，歹徒就會扣下扳機的。

不二夫緊閉雙眼，身體不停顫抖著。這時，耳邊傳來奇怪的聲響。叩通叩通，好像是移動桌椅的聲音，又好像是敲打牆壁的聲音，甚至還聽到有人走動的腳步聲。

「咦，那不是客廳嗎？難道歹徒想偷走貴重的油畫或美術品嗎？」

與寢室只有一牆之隔的是廣大的客廳。裡面陳列許多先前所說索價不菲的裝飾品和古董。果然歹徒的目的就是那些東西了。

牆壁另一邊傳出的聲音愈來愈大，就像大掃除或搬家似的吵鬧。可能是因為工讀生和傭人的房間距離很遠，而且不二夫也在手槍的威脅下動彈不得，所以，很放心的搬動物品。

歹徒們彷彿如入無人之境，大肆搜括著。能夠發出這麼大的聲響，歹徒一定不只一人，至少有兩、三人。

聲音這麼大，看來不只偷繪畫、美術品，就連家具和地毯，只要值錢的東西大概都難以倖免。歹徒的大卡車或許早就守在門外。

想到此處，不二夫覺得很對不起父親，難過得不得了，可是卻只能束手無策。窗簾那裡的槍口一直對準自己，他根本動彈不得。猙獰的歹徒正站在窗簾後瞪著不二夫呢！

奇奇怪怪

對不二夫而言，這一夜過得特別漫長，彷彿已經有一個月之久。由於事情太過意外，而極度驚恐，所以，心裡好像發麻似的，頭腦一片空白，甚至擔心自己會昏倒。

拿著手槍的歹徒隱身在窗簾後方，整晚一動也不動。因此，不二夫直到早上都不敢亂動，只能偷偷瞄著窗簾。

漫長的一夜過去，終於天亮了。房間裡的黑暗消逝，窗外傳來牛奶車奔馳在路上的聲音，還可以聽到叫賣聲。

「太好了，終於到早上了。可是歹徒也許早就將客廳裡的東西搜括一空。可惜我是小孩子，只能束手無策，真是遺憾。」

不二夫雖然覺得遺憾，還是鬆了一口氣。當他偷偷望向窗簾那邊，啊！不料那傢伙還真固執，現在還死盯著不放，拿著手槍站在那裡。窗簾下方的長靴還在。

看到這情況，不二夫嚇得又把頭縮回毛毯中。

到底這個怪人想做什麼？隔壁翻箱倒櫃的同伴全都離開了，為什麼他還留在這裡呢？

天色愈來愈亮，白光甚至從窗簾的縫隙射進來。但是窗簾很厚，窗

外又有樹木阻擋著，所以，還是看不清歹徒的真實模樣，只看到窗簾的皺摺處凸起。

看向枕邊的時鐘，還差十分就六點了。這時，有人來叫醒不二夫。走廊傳來輕快的腳步聲，是工讀生喜多村！那是喜多村活潑的走路方式。

不二夫聽到腳步聲，反而心跳加快。

「只要喜多村進來，那麼歹徒就不能繼續躲在那裡。如果逃走就算了，可是萬一他對喜多村開槍就糟了。」

想到這裡，更加惴惴不安。

什麼都不知道的工讀生來到寢室入口，敲了幾下門，就逕自走了進來。

「喜多村，不可以，不可以進來。」

不二夫擔心喜多村的安危，忘了自己的處境，驚聲尖叫著。

「咦，少爺，怎麼回事啊？」

喜多村嚇了一跳，站在門口。眼尖的他，在一瞬間就看到藏匿在窗簾後的人影。

「啊！誰在那裡？」

想逃走嗎？喜多村一股腦兒的撲向歹徒。不二夫擔心喜多村，喜多村也關心少爺的安全，根本忘記了自身的危險。

「喜多村，不要！」

不二夫從床上跳下來，拉住工讀生的手。

這時，喜多村已經聽不下他的話了，還是奮力撲向歹徒。他是一個勇敢的青年，而且擁有柔道初段的實力，身手矯健。

「喂！為什麼不說話……你是誰？還想逃嗎？」

喜多村就像土佐犬般的勇猛，臉色漲紅地大吼著。再度啪的猛力撲向窗簾。

「啊，不好，他有手槍……」

不二夫彷彿聽到手槍的聲音，看到喜多村流血倒地的光景，嚇得屏住呼吸。

然而手槍的扳機並沒有扣下，只聽到啪哩啪哩的聲音。到底發生什麼事?原來在喜多村跳向窗簾時，撞到後面的玻璃，當場跌倒在地。

有好一陣子，兩人都搞不清楚狀況。喜多村和不二夫睜大眼睛定神一看，才發現被掀開的窗簾盡頭，懸掛著一枝用繩子綁住的槍。窗簾下方則擺放兩隻長靴。

不二夫臉色丕變。想到自己被綁住的槍和兩隻長靴，嚇得整晚不敢睡就覺得很難為情。

「什麼嘛!還以為是人，結果只有長靴。嚇了我一跳……少爺，你在惡作劇嗎?」

喜多村的手指好像受傷了，他一邊用嘴巴吸吮著手指，一邊皺著眉頭瞪著不二夫。

「不是，真的有小偷。」

不二夫紅著臉，看著狼狽的工讀生。簡短的敘述昨晚發生的事。

「什麼？你說客廳的家具……」

「是的。聲音很大，看來東西一定都被搬空了。」

「好，我們趕快去看看。少爺，你也來。」

身穿大學制服的喜多村和穿著睡衣的不二夫，繞過蜿蜒的走廊，快步走向客廳。

在客廳的入口，左右開闔的雕刻大門緊閉著。兩人似乎害怕打開門後看到的景象，面面相覷的呆立著。不一會兒，喜多村似乎下定決心，輕輕的打開門，從門縫窺伺室內光景。才看一眼，喜多村即露出驚訝的表情回頭看著不二夫。

「奇怪，少爺，你是不是在做夢？」

「我才不是在做夢呢！我明明聽得一清二楚。怎麼回事？你的表情怪怪的。」

「當然怪。你自己看，客廳的東西全都在呀！」

「咦！是嗎？」

兩人連忙走進客廳，拉開窗簾，環顧四周。

真的很不可思議！牆壁上的油畫、暖爐上裝飾用的銀瓶，以及銀製的鐘擺全都在。不僅桌椅在原地，地毯也沒有被捲起來，甚至沒有窗子被打開的跡象。

不二夫吃驚得啞口無言。原以為被搜括一空的客廳，竟然所有的東西都沒有被移動過，他覺得困惑不已。

難道不是客廳，而是其他的房間嗎？因此，兩人一一檢查其他房間，但都沒有發現任何異狀，最後又回客廳。累得坐在扶手椅上，摸不著頭緒似的無言對望。

「可是，我真的不是在做夢。你看，這封信飄到我的床上。這不是夢，的確有歹徒溜進來。」

不二夫為了留下證據，所以，將信塞在睡衣的口袋裡。他將恐嚇信拿給喜多村看。

「我也覺得奇怪。少爺，這件事很詭異，就好像偵探小說裡的怪事件一樣，讓人墜入迷霧中。」

「沒錯，我已經想過了。這件事恐怕只能拜託名偵探明智小五郎才能解決。」

不二夫也知道名偵探的名字。他雙手交疊，喃喃自語的說道。

各位讀者，相信不用我說明，大家一定也都知道。這個怪談般的事件究竟意味著什麼？很明顯地，確實有數名歹徒闖空門，可是卻沒有任何損失，怎麼會有如此怪異的事情呢？

不二夫和喜多村，是否發現什麼貴重的物品失竊呢？難道是連客廳華麗的裝飾品都無法比擬的珍貴物品嗎？

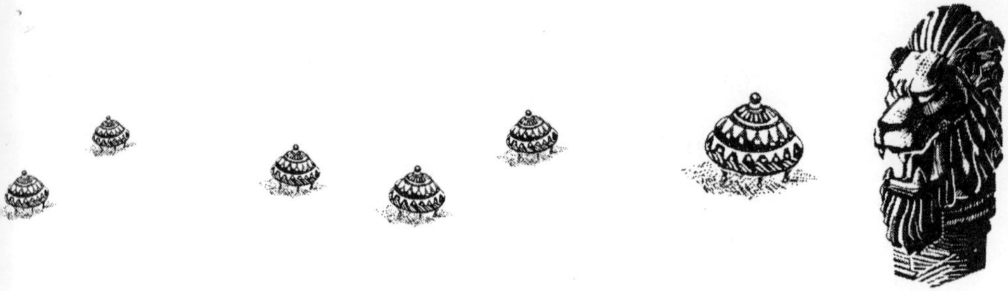

獅子的下巴

這時，大門外傳來汽車引擎聲，原來是不二夫的父親回來了。他一早就搭火車到東京車站，現在已經回到家。

不二夫和喜多村趕緊跑到玄關迎接父親。不二夫來不及和父親打招呼，就喘著氣向父親報告昨晚發生的事情。

父親宮瀨礦造今年四十歲，身材矮胖，臉頰紅潤，蓄著小鬍子，活脫是個精明能幹的企業家。他是某間大型貿易公司的總經理。

宮瀨聽到不二夫的敘述，嚇了一跳。立刻走進客廳，仔細檢查陳列的物品，但是，確定沒有任何東西失竊。

「爸爸，到底是怎麼回事？我真的覺得很不可思議。」

「嗯！我也不明白。難道……」

宮瀨露出不二夫平常很少看到的擔憂，彷彿在思索什麼事似的。

「難道？什麼意思啊？」

「也許對我們家而言，有更重要的東西被偷走了。」

「是什麼重要的東西？」

「某份文件吧。」

「好，乾脆去檢查一下，看看有沒有遺失。」

「但是，爸爸也不知道那份文件擺在哪裡。」

「咦！爸爸也不知道？你忘記了嗎？」

不二夫露出奇怪的表情，注視著爸爸的臉。

「不，不是忘記，而是一開始我就不知道。我只知道文件藏在這棟屋裡的某個地方，但是，蓋這棟屋子的伯父並來不及告訴我藏匿的地點就過世了。他突然得了急病，沒有留下任何遺言。」

「這麼重要的東西，應該是藏在客廳的某個地方吧！那些小偷們可能就是要找這份文件。」

「我只能這麼想了，否則他們不可能引起這麼大的騷動，卻什麼都沒有偷走。」

接下來不管怎麼詢問，父親就是不肯回答隻字片語，似乎有什麼祕密。背後一定有什麼重大的祕密，連兒子不二夫都不能告知。

宮瀨在客廳裡來回踱步，很擔心似的不停思索著。不一會兒，好像想到什麼妙計般的雙手用力「啪」的一拍，對工讀生說道。

「喂！喜多村，你知道名偵探明智小五郎嗎？」

「我聽過他的名字，先前我和少爺也正提到他呢！」

喜多村聽到明智，似乎很高興的回答著。

「嗯！原來不二夫也知道。不二夫，你覺得如何？我想請明智偵探來調查這個事件。」

「我贊成。如果是明智先生，一定能夠解開謎團。」

不二夫神情愉快，眼睛閃耀光芒，抬頭看著父親。

「你很信任他喔！連你這個小學生都那麼相信他，可見他一定是個名不虛傳的人物。好，就拜託他。喜多村，趕緊查一下明智偵探事務所的電話，打電話聯絡明智先生。事情就由我來告訴他。」

隨即撥通了電話，明智小五郎接受委託，立刻來到不二夫家。

約一小時後，明智偵探如西洋人似的，高高的身材，西裝畢挺的走進客廳。他目光炯炯，高挺的鼻子，一張睿智的臉，出現在不二夫等人眼前。膨鬆的頭髮，彷彿繪畫中古希臘勇士的頭髮一般。

宮瀨請明智偵探入座，禮貌的寒暄之後，詳細的說明昨晚發生的事件經過。

「我明白了。他們不可能如此大費周章後，什麼都沒偷就回去，我想這個房間裡一定有東西失竊。現在我來仔細調查一下，能不能讓我一

個人暫時待在這裡？」

明智笑容可掬，以清晰的口吻說道。

於是，宮瀨帶著不二夫和喜多村到另一個房間等候。三十分鐘後，客廳的叫喚鈴響起，這是通知他們調查已經結束。

宮瀨和不二夫趕回客廳。明智手上拿著一張小紙片，站在客廳的正中央。

「你們知道這個東西嗎？這張紙片掉在對面的長椅下。我搜遍房間各個角落，分毫也沒有遺漏的檢查過了。竊賊很聰明，沒有留下任何線索，只有這張奇怪的小紙片。」

宮瀨接過紙片，仔細查看，但是不記得看過這個東西。

那是一張長五公分，寬一公分左右的小紙片，而且，上面寫著類似算式的奇怪數字。

5＋3・13－2

「不二夫，這是你掉在這裡的東西嗎？」

「不，不是我的。上面的筆跡和我不一樣。」

工讀生也回答不知道。叫喚傭人前來盤查，他們也都說不記得這個東西。

「既然大家都不知道，表示這一定是竊賊昨晚不小心遺留在這裡的。」

「也許是吧。但是，這張紙片可以當成尋找竊賊的線索嗎？」

宮瀨似乎覺得索然無味的詢問道。明智用修長的手指捲著自己的頭髮，頗具深意的笑了起來。

「當然。如果這是竊賊掉在這裡的，那麼上面的數字一定有某些含意存在。」

「說到數字，連小學一年級的學生都知道，這只是無聊的加減計算而已。難道數字還有什麼意義嗎？」

「請等一等。你看，五加三等於八，十三減二等於十一。那麼，八與十一……啊，也許是這樣！」

好像想到什麼似的，明智走近房間一隅的牆壁。

牆壁上有燒著煤炭的舊式大暖爐。暖爐的大理石架上，陳列著鑲有金色雕刻的豪華座鐘。

明智走到暖爐前，雙手捧起座鐘，仔細檢查背面和底部。結果沒有任何發現，失望的將座鐘放回原位。

「不是這個，是其他東西。八和十一、八和十一……」

明智喃喃自語，不知道在說些什麼。又走回房間正中央，細細的觀察四周。

不二夫站在父親身後，一直看著明智的舉動。能夠看到名聞遐邇的偵探絞盡腦汁，運用智慧的模樣，他覺得很興奮、很開心。

逡巡整個室內的明智的眼睛，一會兒再度回到暖爐的架子上，停佇在上面，動也不動。

「咦，難道是那個？一定是的。」

明智旁若無人的自言自語著，他跑到暖爐前面，蹲了下來，開始奇怪的舉動。

大理石架就好像外框似的包圍著暖爐，擺在木框上。而承載這個木框的大理石部分，排列著數個圓形的浮雕。

不二夫曾經算過，知道總共有十三個圓形浮雕。彷彿十三個小碗蓋住般，排列在那裡。

明智從右往左，開始數起圓形的浮雕，並且像個小孩子在惡作劇似的，一個一個扭轉。

但是，似乎和他預料的不同，他停下手，側著頭，用手抵著額頭，再度陷入沈思。他凝視著那張紙片，口中喃喃自語的說著話，突然恍然大悟的叫道：「啊，就是這個！」又開始專心把弄圓形雕刻。最後，好

像發現什麼祕密機關似的站了起來，笑著對其他人說道。

「我知道了，機關在這裡。現在房間裡會發生奇怪的事情，你們要注意看噢！」

再次蹲在暖爐前，將從左邊數來第五個圓形雕刻向右轉，再將第十三個圓形雕刻朝左轉。這時，另一個方向突然傳來奇怪的聲響。

「啊，獅子口張開了。爸爸，你看。柱子上的獅子開口了。」

不二夫最早發現情況有異，高聲大叫。

大家聞言，看向不二夫手指的方向，真的看到獅子開口了。

與暖爐同側的牆壁上，有寬三十公分左右，如柱子般凸出的部分。上面有青銅的獅子頭，是陳列在室內的裝飾品之一。青銅獅子原本緊閉的口突然張開了。

「啊！難道獅子的下巴有機關嗎？」

宮瀨驚奇的說道。

「沒錯。如果按照紙片上的數字來轉動暖爐的圓形雕刻，那麼，牆壁後方的機關，就會讓獅子張開口。獅子口內有祕密的隱藏處，竊賊一定是從那裡偷走了什麼重要的東西。他們早就準備好這張可以打開獅子口的暗號紙片。」

明智一邊說，一邊走到獅子前面，墊起腳，右手伸入張開的獅子口中。

「是空的，什麼也沒有。」

「喔！看來竊賊真的偷走裡面的東西了。」

宮瀨臉色蒼白，難掩失望之情。

貓眼石的戒指

停了一會兒，宮瀨好像想到什麼事，想和明智偵探討論，於是支開

不二夫和喜多村。關起門，和偵探兩人坐在桌旁商議。

「先前我說過，不知道藏匿的地點，但是我知道在這棟屋子裡，藏了很重要的文件。那是我去世的哥哥藏的。

當然我曾經試著找過。哥哥將這裡交給我，去世至今已經一年了。在這段期間，我每天都找遍各個角落，可是一直沒有斬獲。可是你只花一小時就發現了。到底你是怎麼找出這個祕密的？」

宮瀨很感慨又佩服似的看著明智。

「不，不是我發現的，而是那張紙片，是紙片告訴我的。」

明智微笑著，謙虛的回答。

「我知道，我知道紙片是線索。但是，你怎麼會注意到暖爐的雕刻呢?就好像魔術的手法，我們完全不明白其中的原理。」

「這也沒什麼稀奇的。」

明智詳細說明道：

「最初我的想法是錯的。五加三等於八，十三減二等於十一，只想到加減法的計算。

於是，我在房間裡想找出有八或十一等數字的東西，剛好就看到座鐘。座鐘的文字盤有一到十二的數字。

所以，我以為只要將時針轉到八或轉到十一的地方，也許就會出現祕密的隱藏場所。

但是，仔細檢查座鐘，似乎並沒有什麼機關，於是，我只好又在房間裡，重新查看各個角落。後來才注意到架子下方的雕刻。

我試著轉動從左邊數來第八個和第十一個圓形雕刻，以及從右邊數來第八個和第十一個圓形雕刻，可是都失敗了，絲毫沒有動靜。

就在我不知道怎麼辦才好時，再看了一次紙片。看到數字時，突然有另外一種想法。

這個＋或－的記號，可能不是加或減，應該有其他含意。所以我試

著不加加減減，只用原先的數字試試看。原先的數字是五和十三。

於是，移動一下從左邊數來第五個圓形雕刻，結果，感覺好像有東西移動了。再試著往右轉時，真的能夠轉動它。

那麼，我又想五加三是否意味著要轉三次呢？於是我向右轉三次，轉到第三次，隱約有些感覺，這時我就不動了。

接著我又轉從左邊數來第十三個雕刻，轉動看看，真的能夠轉動。而且不是向右轉，而是向左轉。

這時，我明白紙片上的意思了。＋是指往右轉，－是指往左轉的記號。13－2是指將第十三個雕刻往左轉兩次。

照這樣做之後，結果獅子口真的張開了。」

「原來如此，紙片上的數字就像是金庫的密碼。你能夠察覺到暖爐上的雕刻，不愧是專家。一般人根本料想不到。」

宮瀨相當佩服偵探的智慧。

「但我還是不知道獅子口中到底藏著什麼東西？既然被竊賊偷走，表示一定是很重要的東西。」

「是的，那是一筆龐大的財產，價值大約一千萬圓（相當於現今的兩百億日幣）。」

宮瀨好像怕隔牆有耳，刻意壓低音量。

「咦，一千萬？這是一筆相當大的金額。到底是什麼樣的文件？」

明智偵探因為金額太大而嚇了一跳。

「是一份密碼文件，說明價值一千萬圓的金塊藏匿場所的密碼。我突然這麼說，也許你不了解。不過，這是有原因的。因為我想委託你將這份文件從竊賊那裡取回來，所以，我必須告訴你這個祕密。

我的祖父宮瀨重右衛門，在明治維新之前，是江戶數一數二的大富豪。

他的個性怯懦，聽到明治維新的騷動可能會引起大戰爭，害怕像自

己這樣的商人會有悲慘的下場，於是將一百兩以上的金銀，以及家財全都變賣掉，換成圓形的大小金幣，一千兩裝一箱，裝了數百個百寶箱，藏到遙遠的深山裡。

先前我說的金塊，其實指的就是這些大大小小的金幣。金塊是由這些金幣堆成的山。所以我哥哥說那是『大金塊、大金塊』。

後來，重右衛門帶著一家人，躲在山梨縣的鄉下。在去世之前，將密碼文件留給他的孩子——就是我的父親——我的父親得到藏匿宮瀨家財寶的密碼文件。

重右衛門和我的哥哥一樣，都是死於急病，所以，都來不及說出這個祕密。

因此，就算我的父親拿到密碼文件，還是無法解答。他用盡一生的時間，仍然解不開這個困難的密碼。只能將這份密碼文件當成自己的性命般，好好的保存著。

父親去世後，密碼文件傳給哥哥。哥哥和我一起在東京生活，兩人過得很清苦。等到他得到那份文件後，情況就改變了。他建造了這棟洋房，完全斷絕與世人的往來，沈迷在古董中。

當時他用盡各種方法，仍舊解不開密碼，於是，他將密碼紙分為兩張，我們兩人各持一半，同時要將這份文件各自藏到隱密的地方。

宮瀨家大金塊的傳說，已經傳遍整個世間，有人願意高價收購這份密碼文件，甚至還有宵小偷偷溜進哥哥家中，想要竊取它。

哥哥煞費苦心的，將一半的密碼藏在這個他建造的房子裡，一個沒有人知道的地方。他說：『即使我活著，我也不會告訴你藏匿的地點。等我死前，會留下遺言給你。』

但是，一年前哥哥突然因病去世，當我趕到時，他已經嚥氣了，沒有留下任何遺言，所以，我根本不知道他將文件藏在哪裡。

我只知道是藏在這棟洋房裡，於是我立刻搬進來。一年來搜遍各個

角落，始終沒有發現另一半的密碼。我一直沒有發現，竟然就藏在獅子口中。」

「那麼，就算竊賊偷走一半的密碼，也沒有任何幫助囉？」

明智察覺到這一點，插嘴說道。

宮瀨也覺得很可笑似的笑了起來。

「哈哈哈……是的。即使大費周章的偷走，也沒有用處。因為另一半的密碼我貼身帶著呢！」

宮瀨說著，脫掉右手無名指上的大戒指，遞給明智。

「另一半的密碼就藏在這個戒指裡。這不是我想出來的，而是哥哥的計策。這個戒指上的寶石是貓眼石，上面的寶石可以移開。」

將貓眼石往旁邊移動時，寶石離開台座。下方出現一個直徑三毫米左右，如水晶般透明的小石頭。

「就是這個。這個看起來像罌粟籽的玻璃有隱藏的機關噢！把戒指拿到眼前，朝窗子的方向看玻璃球，裡面可以看到一半的密碼。哥哥沒有直接將另一半的密碼交給我，而是將它拍成如罌粟籽般大的照片。照片夾在兩片小的透鏡之間，做成這個玻璃球。肉眼看不清楚這麼小的照片，可是玻璃球的透鏡具有放大的效果。

聽說外國製的剪刀柄鑲有玻璃球，裡面放有女明星的照片之類的，哥哥就是仿製這種作法。他認為只要有這個就夠了，於是將另一半的密碼紙片燒毀。」

明智依宮瀨所言，眼睛對準玻璃球處，就著窗外的光照著看。結果就像用顯微鏡觀察物體一樣，從三毫米的玻璃球中，左圖的文字清晰可辨。

獅子戴烏紗帽的時候
烏鴉的頭

「只有一半，不知道是什麼意思……」

「我研究好久。第一句是『獅子戴烏紗帽的時候』，第二句是『烏鴉的頭』。只有這兩句，但我還是不知道其中的含意。密碼只有一半，如果不完全，恐怕沒有用。」

「嗯，『獅子戴烏紗帽的時候』，的確是很奇怪的句子。」

明智原本就對密碼很有興趣，所以興致勃勃的盯著玻璃球中如罌粟籽般大的字。

「獅子戴烏紗帽的時候」到底是什麼意思呢？戴著烏紗帽的獅子，就連繪畫中也前所未見。

還有，後面那一句「烏鴉的頭」更是奇怪。難道埋在深山中的千萬金幣，是由戴著烏紗帽的獅子和烏鴉妖怪在一旁看守著嗎？

電話的聲音

就在宮瀨和明智偵探討論奇怪的密碼文時，工讀生慌慌張張的走進來，通知主人有電話。

「是誰打來的？」

礦造回頭看著工讀生，不堪其擾的問道。

「他說不報名字你也知道他是誰，他說有重要的事情，所以一定要親口告訴你。」

「真奇怪。把電話轉到這個桌上電話來，我來接聽。」

礦造走到房間角落的小桌前，拿起聽筒。

「喂，我是宮瀨，你是哪位？」

在此同時，電話另一端傳來令人感覺很不舒服的嘶啞聲音。

「真的是宮瀨先生，沒錯嗎？」

「我是宮瀨，有什麼事情快說吧！你到底是誰？」

礦造很生氣的用強硬的聲音問道。

「是嗎？我就是昨晚趁你不在家，到你家拜訪的人。嘿嘿嘿……不用說我的名字，你應該知道我是誰吧！」

電話那頭說著可怕的話語，而且笑聲讓人不寒而慄。啊！究竟是怎麼回事？竊賊竟然打電話到家裡來。昨天晚上盜走密碼的歹徒，竟然膽大包天的打電話來。

一時之間，宮瀨不知道該如何回應，正猶豫不決時，對方似乎很著急似的又開始說道。

「喂，不要掛斷電話，我有重要的事情和你商量……你一定很驚訝吧！嘿嘿嘿……小偷竟然自己打電話給你，世上怎麼會有這種事情呢？你聽好，今天我要和你做一筆交易，我是認真的，你要聽嗎？」

大 金 塊

名偵探明智小五郎看到宮瀨的臉色大變，立刻靠過來，耳朵貼在宮瀨所拿的聽筒上，依稀可以聽到對方說話的聲音。

宮瀨看著明智，用眼神問他「現在該怎麼辦」。偵探也用眼神回答「沒關係，先聽對方怎麼說」。

「好吧，你先說你想幹什麼？」

宮瀨無奈的說著。對方仍然用嘶啞的聲音說道。

「你應該已經發現，昨天晚上我已經到你家偷到密碼。雖然拿到一半的密碼，但是只有一半是不夠的。剩下的一半，我想一定被你藏起來了。我打算買下你手上那一半。

如何，想不想轉賣給我？我很有錢噢！我用一萬圓（相當於現今兩千萬日幣）跟你買。一張小紙片值一萬圓，很值得吧！

我已經得到一半密碼，現在你手上的那一份形同廢紙。只有一半，是解不開密碼的。如何，我用一萬圓買下你手上那張紙屑般的東西，你賣不賣？」

對方得意洋洋的說著。盜走一半的密碼後，將另一半當成紙屑，還說要用一萬圓買下價值一千萬的東西。

宮瀨用眼神和明智偵探交談，他暗示不可以賣。

「好，我再加一萬，我出兩萬，讓給我吧！當然它是指出一千萬金塊藏匿地點的密碼，兩萬圓你當然不可能出讓，但是你仔細想想，這個密碼是你爺爺寫的，況且在今天之前，經過幾十年的漫長歲月，你們根本都解不開這個密碼，不是嗎？就算密碼紙全部齊全了，憑你們的智慧還是無法解答出來。

解不開的密碼還當寶物般的保存著，這不是太浪費了嗎？況且只有一半，對你而言，根本毫無價值。這個好像紙屑般的東西，我願意出兩萬圓買，你賣給我吧，我可是為你著想喚！」

竊賊竟然提出如此愚蠢的計畫，宮瀨覺得很可笑，於是嘲笑對方。

「哈哈哈……不行不行。這種價格我怎麼能賣呢？事實上，我還想買回被你偷走的那一半呢！你願不願意把那一半密碼賣給我呢？」

「嘿嘿嘿，好，你要買我就賣給你，但是，我的價格比較貴噢！要一百萬（相當於現今二十億日幣）。一百萬，一分錢都不能少。如何，你要買嗎？嘿嘿嘿……你想買嗎？可是你家現在根本拿不出一百萬，不要再說這些廢話了，賣給我吧！兩萬圓不行的話，那我就出三萬圓吧！你還是覺得太便宜了嗎？好，那麼一口價，五萬圓吧！五萬圓賣給我，賣不賣？」

竊賊彷彿開玩笑似的，不斷提高買價。

「不要再說這些無聊的話了，別說五萬圓，就算十五萬，我也不可能和你這個竊賊交易。你最好小心點，不要被我抓到。你想，這麼重要的密碼被偷走，你以為我會坐視不管嗎？」

宮瀨斬釘截鐵的拒絕對方的要求。

「嘿嘿，這是你最後的回答嗎？我這麼親切的對待你，你卻這樣回報我。好，到時候一定讓你得不償失。既然你不賣，我就不買。接下來也許我會做些粗魯的事，你小心點。總之，我一定要得到你所擁有的一半密碼。」

「那你就試試看。我這裡，可是有像你們這種盜賊見到就害怕的名偵探跟著我。」

「嘿嘿，名偵探？你是說明智小五郎嗎？的確是個好對手，我可以和他較勁。總之，你小心點，接下來到底會發生什麼事我也不知道，到時候你可別哭。我再告訴你，掛斷電話後，你也不需要去查我的住址，因為我是用公共電話打給你的。」

說著，就掛斷電話。

一場鬥智戰即將開始了。

不知道竊賊究竟是何方神聖，但是，竟敢公然大膽的打電話到對方

家裡，可見確實是個狂妄的大壞蛋。

竊賊很有自信的威脅宮瀨：「接下來到底會發生什麼事，我也不知道，到時候你可別哭。」到底他有什麼可怕的計畫呢？

竊賊似乎沒有發現另一半密碼是藏在宮瀨戒指中，既然如此，他打算如何找出密碼的下落呢？難道竊賊有比找出密碼更重要的計畫嗎？

究竟是竊賊會達到目的，還是名偵探明智小五郎會贏得勝利？又是一場智慧的對決。

替身少年

「明智先生，真的沒關係嗎？我說了這麼強硬的話，事情變得很難收拾。對方一直想得到密碼，看來意志很堅決。不知道他接下來會使出什麼手段？明智先生，你有沒有什麼萬全的計畫？」

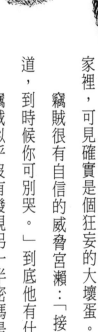

宮瀨蒼白著臉，好像只能依賴名偵探的智慧似的。

「我現在也在想這個問題，我相信他還會到這裡來。如果不接近這裡，他就無法得到另外一半密碼。我們只要在這裡守株待兔，再反過來找到他的賊窩，伺機取回被偷走的密碼。但是，他很狡猾，就算來到這裡，也可能會趁我們疏忽時奪走密碼。

我們一定要防他來這一招。小心，不要落入對方的圈套。」

明智將手指插在膨鬆的頭髮裡，不斷思索著。終於好像想到什麼似的，笑著說道：

「啊，有了！宮瀨先生，我想到一個妙計，如此一來就沒問題了，而且不會被對方發現。電話借我一下，我要把我的助手小林叫到這裡。」

當宮瀨訝異的看著明智時，明智已經拿起桌上的電話，打回明智偵探事務所。

「小林嗎？立刻到這裡來。你知道宮瀨家吧！嗯，還有把化妝箱也

帶過來。坐車過來，快，我等你。」

等他掛上電話後，宮瀨不解的問道：

「明智先生，你說的妙計指的是什麼？可以告訴我嗎？」

「是這樣的。」

明智微笑的說道：

「我們一定要預防竊賊再回到這裡耍詭計，我們就必須設法阻攔他，最好的方法是，我在這裡看守著，可是，這樣會讓對方產生警戒心而有所防範。

即使我喬裝改扮，你們家也會多出一個人，他一定會覺得很可疑。再加上先前你將我的名字告訴對方，這也是很大的失策。一旦得知我和這件事有關，對方就會更小心謹慎。

所以，應該有人代替我在這裡守著。於是，我想我的助手小林能夠勝任這個任務。

派小林來還有一個理由。其實，我剛到這裡時就發現了，你們家的少爺叫不二夫吧！他無論是身材、臉型都和我的助手小林神似，當然小林的年紀比較大，但是少爺的身材高大，所以身高是一樣的。

我想到一個奇怪的辦法，也許有點不合常理，會讓你嚇一跳。我想用助手小林當不二夫的替身，暫時讓他待在這裡。」

宮瀨聞言，瞠目結舌的說道：

「咦，當不二夫的替身？怎麼會有這種事？」

「我要小林變成不二夫，住在不二夫的房間裡。晚上就睡在不二夫床上。因為這個替身不可能去學校上學，所以，必須假裝感冒了，向校方請病假。然後就在這裡守株待兔。雖然小林還是個孩子，但是，他聰明靈活，在偵探工作上足以代替我，絕對不會有任何差錯。」

「原來如此。可是，不二夫該怎麼辦呢？不可能有兩個不二夫在家裡啊？」

「真正的不二夫暫時交給我吧。他就扮成助手小林待在我家。雖然暫時要向學校請假幾天，不過，這段期間我的妻子可以暫時充當老師，指導他讀書。

為什麼要這麼煞費工夫呢？其實還有另一個理由，就是我擔心不二夫可能會發生不測。

竊賊不知道戒指的祕密，無法偷走密碼。但是，他一定會無所不用其極，讓你不得不將密碼交給他。

那麼，最容易到手的目標就是不二夫了。他可能會綁走孩子，要你交出一半的密碼當成贖金。我擔心他會採取這種行動。先前聽他在電話裡的語氣，好像打算這麼做。」

「原來如此，的確是個好辦法。如此一來，不二夫就很安全，你的少年助手也可以看守我的家，確實是一舉兩得。」

宮瀨佩服不已。一旦自己最疼愛的不二夫被歹徒擄走，後果就不堪設想。既然明智偵探已經做了妥善的安排，他就放心了。宮瀨很高興的接受明智的提議。

不久，聽到汽車停在門外的聲音。少年小林提著小型的手提箱，在工讀生的帶領下走進來。

明智偵探為小林引薦宮瀨，接過小型手提箱，檢視過裡面的物品後，點點頭，啪的關上手提箱。

「宮瀨先生，這是我易容用的化妝箱，裡面有很多顏料和刷子。」

對宮瀨說明完畢，明智將待在另一個房間的不二夫叫進來，帶著他和少年小林到化妝室去。

不二夫聽到自己要扮成少年小林，不但不生氣，反而很興奮。想到自己要代替那位有名的助手小林，住在日本第一的名偵探事務所裡，他就雀躍不已。

約過了三十分鐘後，明智偵探將喬裝後的少年帶回客廳。

「啊，這是怎麼回事，你是不二夫嗎？怎麼變成少年偵探啦！啊，小林也穿著小學生的制服，簡直和不二夫一模一樣。明智先生，你的手法真是太高明了，嚇了我一跳。」

宮瀨驚嘆的看著兩名少年。

商量完後，明智偵探將變成不二夫的助手小林留下來，帶著變成小林的不二夫離開宮瀨家。跟在偵探身邊，走下石階的不二夫，穿著好像中學生的長褲，一張煥發光采的蘋果臉，露出喜悅的表情。無論從哪個角度來看，都是名偵探的助手。

各位讀者，這個巧妙的計策是否真的能夠奏效？明智偵探是否真的識破竊賊的詭計？竊賊是否真的會再度襲擊宮瀨家？如果真的會來，又會以何種方式潛入，採取何種行動呢？

這天晚上，假扮成不二夫的小林，對臨時父親宮瀨道過「晚安」後就先就寢了。但是，因為待在不習慣的房間、不習慣的床上，所以一直輾轉反側，只好瞪著窗子看。他回想起白天從明智先生那裡聽來的昨天晚上發生的事情。

啊！看到槍口從窗簾後方伸出來，天花板上飄下竊賊的恐嚇信，當時不二夫的心情怎麼樣呢？想到這些，更加難以入眠。

和昨天晚上不同的是，今天窗簾稍微打開，可以看到玻璃窗，外面則是一片漆黑。

這時，他突然發現窗外有白影晃過，是一張人的臉。是個戴著鴨舌帽，可疑的人臉。

小林不禁從床上跳下來，跑向與窗戶反方向的入口，打開門，不斷喊著工讀生「喜多村」的名字。

家裡出現一陣騷動。宮瀨、工讀生、小林等人，手上拿著手電筒，跑到庭院去，到處找尋可疑的人影。看來對方早就逃走，沒有任何發現。

明智偵探的擔心是對的，竊賊真的想對不二夫下手。還好這天晚上

平安無事的結束了。但是接下來，不知道對方又會在何時，使出何種手段，將不二夫，不，是假扮成不二夫的小林少年擄走。

而這個擔心，不久果然應驗。竊賊以魔術般的手法抓走小林，用的是一種任何人都想不到，非常異想天開的手段達到了目的。

到底是什麼手段？被抓走的小林到底被帶往何方？下場如何？

魔法長椅

接下來兩天都平安無事度過了。第三天下午，宮瀨家門外，停了一輛卡車。兩名工人扛著大行李下車。

工讀生喜多村來到玄關看個究竟，其中一名工人看著一張類似單據的文件說道：

「我們是大門洋家具店派來的，你們訂購的長椅已經送來了。」

喜多村從未聽主人說過有訂購長椅，但是，以前的確曾向大門洋家具店買過桌椅，所以並不陌生。

「主人現在不在家，我從來沒有聽他說過有訂購長椅。他真的有向你們訂購嗎？」

喜多村小心確認著。這時，工人笑著說道：

「沒錯啦！你們老爺特地到我們店裡訂購的，他說要擺在少爺的房間裡，所以要做成小型的長椅。」

說著掀開蓋在長椅上的白布，露出一張精緻的長椅。

「那麼就暫時先放著好了。不過，擺在玄關不妥……」

工人又笑著說道：

「我看還是搬到少爺的房間裡去吧。也可以讓少爺看看。」

喜多村聞言，沒有再細想，心裡認為這樣也好。於是趕緊帶他們到不二夫的書房去。兩名工人抬著沈重的長椅跟在身後。

喬裝成不二夫的小林少年，看到突然搬來這麼大的長椅，著實嚇了一跳。但心想，可能是真正的不二夫請父親訂購的長椅。因為自己是替身，所以對於這件事根本一無所知。因此，小林只好假裝是不二夫，露出開懷的笑容。

「少爺，你喜歡嗎？在上面再怎麼跳都沒有關係，非常堅固噢！嘿嘿嘿……要擺在哪兒呢？」

看起來一點都不像工人，而且很懂得奉承。

於是小林和工讀生喜多村商量，到底要擺在哪裡比較好。正當兩人還在討論時，玄關那裡不知道在吵什麼，傳來很大的叫聲，傭人臉色大變的跑了過來。

「喜多村先生，有個醉漢跑進來，一動也不動。你趕快來看看。」

看到傭人好像快哭出來似的，不能放任不管。柔道初段的喜多村回答「好」，就和傭人走到玄關去了。

兩名工人看到喜多村離開，不知為何竟相視一笑。然後一名男子迅速關上門，擋在門前，另一名男子則跳到毫無防備的小林身後。

小林嚇了一跳，想要叫出聲音來。但是，對方更快的拿布塞住他的口，不但讓他無法發出聲音，甚至連呼吸都很困難。

「我抓到他了，快點來綁住他。」

男子從身後抱住小林，輕聲說著。站在門前的男子，從口袋裡取出長繩子，迅速衝過來，立刻把正在奮力掙扎的小林，綑綁住手腳。

原來，這兩名男子就是偷走密碼的竊賊的手下。他們假裝是家具店裡的人，來到不二夫的房間。不過，他們不知道眼前的是替身，誤以為小林少年就是不二夫。

那麼，他們到底要如何從房間裡綁走小林呢？因為玄關有工讀生和傭人。如果要從後門逃走，可是現在是白天，城裡人來人往，而且又有警察在巡邏，不可能帶著手腳被綁著的孩子順利逃脫。

然而歹徒十分狡猾，具有邪惡的智慧，想到的是一些如魔術般，異想天開的方法。

兩名男子堵住小林的嘴巴，把他五花大綁之後，將他帶到房間裡的長椅附近，開始做奇怪的事情。

男子們雙手扛著長椅的椅墊，用力將其抬起，真是令人驚訝！椅墊整個被掀開了，下方露出剛好可供一個人橫躺的空間。這就是竊賊魔術般的手法。

兩名男子迅速將小林塞在長椅中，再蓋上椅墊，恢復原狀。從外面看起來，根本不知道裡面藏著一個人。辦完事的兩人，笑著將長椅扛到屋外，大搖大擺的走向玄關。

工讀生喜多村已經趕走醉漢，正打算回到不二夫的房間裡。這時，撞見兩名男子將先前搬到房內的長椅又搬出來，奇怪的問道。

「咦，怎麼回事？為什麼又搬出來？」

大金塊

走在前面的男子，詭譎的笑著回答：

「嘿嘿嘿……真是對不起，我看錯單據了。剛才我又仔細檢查了一下，單據上寫的是宮田。因為就在這附近，所以我搞錯了。我把宮田和宮瀨看錯了。嘿嘿嘿……」

啊！的確是很好的藉口。因為看到對方也表現出真正道歉的樣子，因此，喜多村完全被矇在鼓裡。

「喔！原來是宮田家。難怪，我也覺得很奇怪。如果主人真的訂購長椅，一定會告訴我。要去宮田家，從這後面過去就到了。」

「是嗎？嘿嘿嘿……打擾你，真是不好意思。」

兩名男子不斷的鞠躬道歉。扛著長椅，又塞回停在門前的卡車上。忙不迭的開走。

奔馳了一百公尺左右，卡車突然停下來，讓一位在那裡等待的男子跳上車，卡車又全速揚長而去。

等在路旁的這名男子，就是先前在宮瀨家鬧事的醉漢。令人意外的是，原來他也是竊賊的手下。

也就是說，他假裝喝醉酒，將工讀生和傭人引到玄關去，才讓另外兩人有機可趁，綁住小林少年，塞在長椅中。這是早就設下的圈套。

啊！就這樣，光天化日之下，在工讀生和傭人面前，竊賊抓走了小林少年。

被塞在長椅中的小林，到底會被帶到哪裡？到底會有什麼可怕的遭遇呢？

地底的牢獄

就算是名偵探的助手小林少年，也沒有想到竊賊的手下竟然會假扮成家具店的工人闖進來。一時的疏忽，才會造成今日的失敗。

被關在長椅中，嘴巴還塞著布，不但不能呼救，甚至呼吸困難。就算想掙脫，可是手腳都被綁住，動彈不得。

通過工讀生和傭人面前時，卻無法傳達「我在這裡」的訊息。在漆黑的長椅中，小林感到十分懊惱。

長椅搬離住宅後，送上卡車。小林心裡有數，知道會被帶到哪裡去。

「看來我就要到賊窩去了。他們一定以為我是不二夫，想以我為人質，威脅宮瀨，交出另一半密碼。我就是談判的籌碼。」

小林從明智偵探那裡得知事情的始末，不，不只如此。明智偵探還吩咐他，即使被竊賊抓走，仍然要假裝是不二夫，找出竊賊的祕密。最好能夠取回被偷走的密碼。

「嘿嘿，真有趣！這下我一定要好好的運用我的頭腦，讓先生稱讚我。小林，你要鎮定，絕對不能害怕。無論對方有多少手下，絕對不能退縮。因為明智先生一定會跟著我。一旦有萬一，他一定會出手相助。」

在劇烈搖晃的卡車上，小林意志堅定的思索著，等待到達賊窩。即使遇到如此驚險的事，他還是很鎮定，不愧是名助手小林。

卡車全速急馳了約三十分鐘，終於停了下來。長椅被卸下，好像搬進某個住宅裡了。

「終於到了。」

心裡想著，閉上眼睛。這時，一陣卡嗒卡嗒的聲音，長椅被運往樓梯處。不過，好像不是往上搬，而是往下搬。

「咦！難道是進入地下室嗎？」

不禁聯想到被關在地底洞穴。即使早有心理準備，再怎麼勇敢，還是感覺很不舒服。

走下樓梯，又走了一會兒。卡噹一聲，長椅被放下，有人掀開了椅墊，粗魯的拉出小林。

因為長時間關在黑暗的椅子裡，突然看到亮光，覺得很刺眼。仔細

一看，雖然是白天，卻是燈泡的光線。看來的確是在陰森的地下室。

「小鬼，讓你輕鬆一下，但是，放聰明點。你在這裡再怎麼大哭大叫也不會有人聽到。」

兩名男子粗魯的說道，並拿掉塞在小林嘴巴裡的布，鬆開綁在他身上的繩子，但是雙手仍然反綁著。男子抓著綁住小林的繩子，說道：

「跟我來，首領早就等著看你這張可愛的臉了。」

說著，他們帶小林來到地下室的走廊。

一想到即將看到歹徒的首領，小林也不禁心跳加快。不過，他盡量平穩驚魂未定的情緒，不讓敵人看到自己軟弱的一面。故意裝出若無其事的模樣。

「進來。」

他們推開一扇沈重的大門，小林被帶到一間約二十個榻榻米大的地下室。牆壁和地面都是灰色的水泥，令人驚訝的是，桌椅卻十分豪華，不愧是首領的住處。

房間正面，有一張大的安樂椅，上面一個奇怪的人悠閒的坐著。他穿著黑絲絨俄國襯衫、黑色長褲，從頭到下巴罩著一個黑絲絨袋，用來遮住臉。

黑絲絨袋的眼睛部分，露出三角形小洞，裡面的眼神精光四射，彷彿一臉漆黑的妖怪。

後來才知道，歹徒的首領十分謹慎，甚至連手下都從未見過他的真面目。每次出現都一定會戴著那個黑絲絨蒙面袋。

兩名粗漢在首領面前恭敬的行禮。

「宮瀨不二夫帶來了。」

說著讓小林坐下來。

「嗯，辛苦你們了。長椅的魔術很棒吧！哈哈哈……」

蒙面首領好像很高興的用年輕開朗的聲音笑了起來。接著俯看小林

少年，以溫柔的口吻說道：

「不二夫，你真可憐，現在一定很害怕吧。但是不必擔心，我不會對你怎麼樣，只是要你暫時待在我的地下室裡。我和你爸爸有一些事情要商量，只要他答應，你隨時都可以回家。哈哈哈……從現在開始，你就是我重要的客人了。哈哈哈……」

蒙面首領又愉快的笑了起來。

小林心想，如果太過於若無其事，反而會讓對方起疑。換成是不二夫，一定會很擔心，於是他故作擔心的表情，低頭不語。

「你明白了嗎？很好、很好，你的房間已經準備好了，到裡面去好好休息吧。」

首領說著，對兩名男子做出指示。一名男子抓著綁著小林的繩子，將他帶走。

離開首領的房間，走在黑暗的走廊上，不久，迎面看到彷彿動物園裡關動物的鐵柵欄似的，小林不禁暗想，難道這個地下室關著猛獸嗎？這時，男子凶惡的說道：

「小鬼，這裡就是你的房間，很喜歡吧？嘿嘿嘿……這房間住起來很舒服噢！」

男子抓住綁著小林的繩子，將小林推進打開的鐵柵欄門。

原來這不是關動物的柵欄，而是地底的牢獄。對小林而言的客房就是這個鐵牢籠。

在小林進去之後，男子從口袋掏出鑰匙，將牢籠上鎖。

「嘿嘿嘿……你好好休息吧。角落裡鋪著一堆稻草，你可以在那裡睡覺。三餐會按時送來，你不用擔心。首領早就吩咐不可以讓你死掉。」

男子在鐵柵欄外，看著牢籠中的一切，覺得很有趣似的說著。

這個牢籠有三個榻榻米大，是個水泥房。裡面鋪著又臭又髒的稻草床，看起來和關獅子、老虎的籠子沒什麼兩樣。小林坐在冰冷的水泥地

上，想到要暫時待在這裡，心裡就覺得生厭。

「嘿嘿嘿……你很不喜歡這裡吧。因為你的房間太漂亮了，所以你一定很驚訝。嘿嘿嘿……但是，我很佩服你這個小鬼噢！竟然從頭到尾都不哭。好孩子，為了獎賞你，我拿點東西來。肚子餓不餓啊？要不要喝水呢？」

男子一直在嘲笑小林，一張臉都快貼上鐵柵欄。有時候睜大眼睛，有時候歪著嘴，露出奇怪的表情。

小林雖然氣憤，卻只能在內心暗叫：

「我們走著瞧！我一定要給你好看。」

小林一直隱忍著不發作。不過，正如對方所說的，雖然不餓，但是很渴。於是回答道：

「我口渴了，請給我牛奶。」

當他故作天真無邪狀。男子笑了起來。

「嘿嘿嘿……你終於開口說話了。要喝牛奶嗎？真是奢侈的享受。好，我去拿牛奶來。」

說完，人就失去蹤影。不久，拿著盛裝牛奶的杯子走了回來。

「這是你要的牛奶，裡面沒有下毒，你可以安心的喝。畢竟你是重要的人質。」

小林在喝牛奶的同時，男子又不時做出怪異的表情，不停地嘲弄著他。但是，後來似乎自覺無趣了吧！最後放棄了。仔細檢查門鎖之後，就離開了。

看看手錶，還在走動，幸好沒有弄壞。現在是晚上六點了。

「好吧，趁現在先睡一下。等到半夜，我再開始行動。到時候走著瞧吧！我一定要查出盜賊的祕密。」

小林躺在稻草堆上想著。因為已經是春天，所以並不覺得寒冷。

勇敢的小林，就在稻草堆上沈沈入睡。可能是因為被困在長椅當中

的緣故，他足足睡了八小時，一覺醒來，已經是半夜兩點了。

黑暗的樓梯

「啊！睡得真舒服，這樣就可以開始辦事了。一定要讓那些可惡的竊賊見識我的厲害。」

小林喃喃自語的笑了起來，從骯髒的草堆上爬下來。

然後，從口袋裡掏出如銀色鐵絲般的東西，走近牢門。

牢門上了大鎖，沒有鑰匙根本打不開。

「哼！這種鎖根本不算什麼，我有明智先生發明的萬能鑰匙。」

小林從鐵柵欄裡伸出手，將銀色鐵絲狀的東西，塞入鑰匙孔裡卡嘰卡嘰的轉動著。結果，聽到大鎖發出喀嚓的聲音，門打開了。

萬能鑰匙就是只要有一根像鐵絲般的東西，任何鎖都能開啟，十分奇妙。

明智偵探不知何時發明了這個神奇的道具，但是，為了預防被心術不正的人知道萬能鑰匙的作法，鑰匙不能讓任何人看到，這是明智偵探和小林之間的祕密。

走出牢籠的小林，將牢門關上，恢復原狀。躡手躡腳的朝微暗的走廊前進，想到竊賊的房間一探究竟。

「蒙面首領的房間應該就在這裡。」

小林一邊思考，一邊摸索。最後佇立在一扇門前，豎耳傾聽。聽到房內鼾聲大作。

「啊！看來那些手下就睡在這個房間裡。」

白天那些蠻橫的傢伙正躺在裡面呼呼大睡，想到此處，小林就覺得十分好笑，真想看看他們睡覺的樣子。

他稍微轉動一下門把，發現並沒有上鎖。打開門，探出頭一看。房

裡有五張床，有五個大漢躺在上面呼呼大睡。

鼾聲最大的，是白天將小林關在牢籠裡的那名男子。他每次嘟嘴呼吸時，整個臉頰都鼓起來了呢！

看到此情此景的小林，突然很想捧腹大笑。

發現這些人也沒什麼用處，小林的目標是首領的房間。不能再磨蹭浪費時間了，就在他準備離去時，才發現入口的架子上有一支圓形的手電筒。

「啊！好東西，借我用一下。」

小林偷偷拿走手電筒，關上門。雖然偵探七個道具之一的筆型手電筒已經在口袋裡備妥，但如果有大的手電筒就更方便了。

繼續朝走廊前進，通過兩個空房間，對面就是首領的房間。這裡的門也沒有上鎖，他輕易的就能進入裡面。但是，裡面的燈是關上的，一片漆黑。

他屏氣凝神的蹲在入口處，小心翼翼觀察四周的動靜。偌大的房間裡卻靜悄悄的，闃寂無聲。

若是有人，即使在睡覺，應該也有輕微的呼吸聲，可是，卻沒有任何聲音，大概沒有任何人在裡面。

小林思索著，啪的一聲打開手電筒，快速向整個房間照一圈。房間真的是空的，歹徒們的首領不知去向。但是轉念又想，房間裡沒有床，當然不可能睡在這裡。首領的寢室應該在別處。

既然知道沒有人，小林大膽的打亮手電筒，在房內來往搜查著。仔細檢查各個角落，想要找出藏匿密碼的場所。不過，沒有任何發現。因為這裡除了沒有抽屜的桌椅之外，別無一物。

就在房間裡徘徊時，突然發生奇怪的事情。小林嚇了一跳，差一點就「啊！」的驚叫出聲。

當時小林右手拿著手電筒，左手摸著牆壁往前走。但是，牆壁的一

部分竟然開始移動起來了，正感到驚訝時，那兒突然出現一個大洞。

小林一個沒有站穩，一頭栽進洞裡。他用力重新站穩腳步，仔細檢查周圍。原來這是通往隔壁房間的暗門。暗門和牆壁的顏色一樣，不仔細看根本很難察覺。

可能是有開啟暗門的按鈕，而小林的左手誤觸按鈕，才意外的發現這扇祕門。

萬一這個房間裡有人就糟了。小林戰戰兢兢的用手電筒照著四周，所幸這裡空無一人。

這是一個五公尺見方的小房間，角落有一張華麗的床。這裡一定是蒙面首領的寢室。但是，現在床上空盪盪的。

首領不知道身在何處。還好他不在，這麼一來就趁他不在，可以趕緊檢查這個房間。這裡有個大型西式櫃子，也許密碼就藏在這裡。

床對面的牆壁邊，擺著一張豪華的櫃子。小林仔細檢查櫃子的每個

大金塊

抽屜。即使有櫃子上鎖，用萬能鑰匙也能輕易開啟。但是，仍然沒有發現任何疑似密碼的東西。

大櫃子的最底層有高八十公分，朝左右打開的門。小林最後打開那扇門，檢查到裡面。奇怪的是，裡面空無一物。這裡的空間甚至足以容納一個人，可是裡面卻是空空的。

「真奇怪，其他抽屜裡有放東西，這麼大的空間卻什麼也不放，真奇怪！」

小林大惑不解。不愧是名偵探的助手，遇到任何可疑的事，都想了解真相。

於是，他躲進打開的門中，用手電筒搜查裡面。仔細一看，裡面的木板並不是釘死的，似乎能夠活動。

「更奇怪了，難道這裡有祕密通道嗎？」

小林心跳加快，再度小心檢查附近，結果發現右側木板角落好像有一個小的按鈕凸出來。

「咦！可能就是這個。按這個也許就能打開後面的板子。」

於是用力按下按鈕。

結果真的如他所預料的，後面的板子往下降，裡面露出一個寬大的縫。從外面看，櫃子的後方全都是牆壁，但是，竊賊竟然將牆壁鑿空，變成一個祕密通道。

祕密通道上，依稀可以看到一個鐵梯子。

「喔！這一定是通往上面的梯子，應該可以從地下室通道上面的建築物。好，我就爬上梯子看看。」

小林全身鑽進狹窄漆黑的縫中，開始爬鐵梯。

為了謹慎起見，他關掉手電筒。因此，感覺就好像在礦坑的洞穴裡爬行一般。

啊！梯子的上方，究竟有什麼在等著他呢？小林會不會遇到更不可

思議，更可怕的事呢？

竊賊的真面目

在黑暗中，爬了十二、三階狹窄的樓梯之後，頭上好像撞到板子，無法再繼續前進了。

「咦！奇怪，不可能到這裡就停住了呀！」

他這麼想著，手往上抬，小心摸索著。發現這裡好像是通往上方的入口，用厚厚的板子蓋著。

小林用力推板子，這時，板子好像絞鍊一樣，朝上方開啟。

稍後才知道，這裡好像是進入道路上下水道孔般大的圓板。也就是說，上面房間地板上開了一個這麼大的孔，並且蓋上這種板子。

掀起板子，往上一看，上面房間也是一片漆黑，似乎沒有人在。因此，小林爬上去之後，又將板子蓋上。

接下來更危險了。如果一旦被竊賊發現，到底會有什麼樣的災難都不知道呢！

他用手摸索著黑暗的房間，發現這是一個如一塊榻榻米般大的房間，裡面相當狹窄，當然沒有其他人在。

終於放下懸盪已久的心，他打開手電筒，照亮四周。原來這是個四面都用板子圍起來的奇怪房間。與其說是房間，不如說像是個置物櫃。

房內空無一物，唯獨牆上掛著一個奇怪的東西，好像是一件黑色西服。拿近一看，的確是成人的服裝。

「咦，這不是俄國襯衫嗎？還有這到底是什麼呢？」

俄國襯衫是指俄國人穿的上衣。提到俄國襯衫不知道各位有沒有想到什麼？當小林剛被綁到這裡，被帶到蒙面首領面前時，首領穿的就是這件俄國襯衫吧！

不，不只如此。除了俄國襯衫之外，還有更明確的證據。就是那個黑絲絨的蒙面袋。蒙面袋也掛在同一個釘子上。就是那個從頭上罩下，只露出眼睛的蒙面袋。

「原來那傢伙爬到這裡來，拿掉蒙面袋，再換成平常的衣服。看來他不想讓手下看到他的臉，假裝睡在下面那個有床的房間裡，但其實每天晚上都爬到這裡，跑到另一個房間睡覺。真是個小心謹慎的傢伙！不讓別人看到他的真實模樣，連睡覺的地方都不讓別人知道，相信這個祕密階梯其他人一定也不知道。這麼說來，密碼應該不會藏在地下室，一定是拿到上面，藏在沒人知道的房間裡。」

小林思索著。對於蒙面首領過度的謹慎，感到非常不舒服。

到底他是何許人物呢？為什麼行事如此隱密小心？甚至要遮住自己的臉。思及此，不禁令人毛骨悚然。

「不過，這個房間一定有出口，應該有什麼暗門吧？」

小林這麼想著，用手電筒照著四周的木板牆。發現角落似乎真的有暗門。試著推它，好像在移動。

然而光是推，還是無法打開。看來，應該有能夠開啟的按鈕。

小林拚命的想找尋按鈕，終於在頭上的高處，發現一個不容易注意到的很小按鈕。

但是，現在還不能隨便按下按鈕，萬一門打開，被對方發現，後果就不堪設想。

到底是要按，還是不要按？小林遲遲無法決定。他豎耳傾聽木板牆另一端的聲音，發現寂靜無聲，現在已經是半夜三點了，就算對面有人，現在應該也已經入睡。

「好，就按下去吧！一旦被發現，立刻趕快逃跑。回到原先的牢籠裡，假裝什麼都不知道。」

小林下定決心。

他先用手指抵住按鈕，為了以防萬一，謹慎的關掉手電筒。然後，手指用力按下按鈕。

結果，木板牆的一部分就好像門一樣，朝裡面開啟。

他連忙從打開的縫隙往外瞧，外面也是一片漆黑，什麼都看不見。眼前彷彿罩著布幕，伸手不見五指。

他小心翼翼的不作聲，悄悄的溜了進去。這時，卻發現撞到某種不知名的東西，擋住去路。他用手一摸，原來是厚厚的窗簾。

窗簾的對面似乎有燈亮著。可以看到一絲微光，從窗簾布中透出來。

小林找尋窗簾兩片相合的對開處，只打開約一公分的縫隙，屏息窺伺著裡面的動靜。

讓小林嚇一跳的是，這是個非常豪華的房間。雖然不大，但是陳設的家具都相當精緻耀眼。一邊擺著大的化妝台，鏡子閃閃發亮。台子上，陳列著各種形狀的美麗化妝品瓶子。

房間裡還有高級的長椅、扶手椅，地上鋪著鮮紅的地毯。

然而，最豪華的卻是迎面看到的床。它遠大於普通的床，而且裝飾美麗細緻。天花板垂掛下來白色雪亮的絲緞，狀似富士山影子似的，圍住床的三邊。

床上，一名美麗的女子臉朝小林的方向，沈沈入睡。

雖然看不太清楚，但是，這名女子看起來年約三十歲，應該不是小姐，而是夫人。

小林原以為沒有比明智先生的妻子更美的女人了，但是，躺在眼前的這名女子卻更漂亮、更美。

小林愈來愈覺得可疑。這到底是怎麼回事?原先認為是蒙面首領的房間，竟然躺著一位如此美麗的女子。真是始料未及的事。

那麼，那個拿掉蒙面袋，脫掉俄國襯衫的男子到底身在何處?

小林凝視著女人的睡臉，陷入沈思。總覺得疑雲重重，而且摸不著頭緒。

就在這時，小林腦海中突然閃過奇妙的想法。

「咦！難道真的是這樣嗎？」

那是個非常可怕的想法，此種想法也不覺讓他打著哆嗦。

「也許真的是這樣。啊！一定是的，否則不可能在這裡有祕密通道。這個女子長得這麼美，而且又知道祕密的出入口，敵人不可能不知道她住在這個房間裡。

為什麼首領要在手下面前蒙住臉呢？這一定有什麼原因？其中有什麼不可告人的祕密呢？

對！難道蒙面首領就是這個女人？因為這樣，才要小心謹慎蒙住自己的臉。

昨天首領的聲音聽起來很像假音，原來是為了要將細聲故意變粗，

說話方式才會那麼奇怪。

沒錯，躺在那裡的美麗女子一定就是蒙面首領。」

想到此處，小林彷彿看到妖怪似的，有一種難以言喻的恐懼感，不禁背脊發涼。

如果是個滿臉大鬍子的男人，他反而不怕。可是這個十惡不赦的壞蛋竟然是個如此美麗的女人，他當然打從心底覺得毛骨悚然。

思及此，再細看那名女子的臉，美則美矣，卻不和善。看似心機深沈的美豔女人。

小林突然聯想到西方女賊的照片。女賊貌美如花，卻用毒藥毒殺了數名男子，也會喬裝改扮，竊取寶石，無惡不做。最後被處以極刑。而躺在床上的女子和那名女賊的臉十分神似。

目不轉睛的凝視著女子的睡顏，愈看愈覺得猙獰。因為美麗而覺得更可怕。小林從來都不知道，美麗的臉也會如此讓人恐懼。

但是，就在思緒飛快流轉的同時，小林不小心做出了致命的動作。他抓著窗簾的手，不知不覺的移動，結果勾住了窗簾的金環，輕輕的發出聲響。

即使想躲起來，也已經來不及了。這輕微的聲音讓床上的女子醒了過來，她一臉吃驚的看向這邊。

兩個謎團

小林趕緊蹲下，心跳猛烈跳動。他盡量將窗簾的縫隙拉小，但仍然注意著房內的動靜。女子從床上坐了起來，那雙如豹似的目光，閃閃發亮的環顧室內。

「咦！難道是做夢嗎？我好像聽到奇怪的聲音……」

女子喃喃自語著。

小林的身體如石頭般僵硬，屏住呼吸，以防對方發現有人躲在窗簾後面。

但是，女子似乎很擔心的走下床，走到對面的入口處。手轉動著門把，由於裡面已經上鎖，所以沒有被打開。

確認過後，女子很安心似的點點頭。接著，又忙不迭跑到房內華麗的梳妝台前，從擺在上面的各種化妝品中，取出一個大瓶的乳液壺，打開蓋子。

小林心想，怎麼有人半夜起來化妝，覺得很奇怪。但是，女子並沒有化妝，又重新蓋好蓋子，放回梳妝台上。接下來朝小林藏匿的窗簾處慢慢接近。

她臉上的表情好像在訴說，雖然不可能有人從祕密通道進來，可是為了謹慎起見，還是要檢查一下。

小林瑟縮著身體。不能再磨磨蹭蹭，萬一被發現，先前的苦心都白費了。

於是，盡量小心不作聲，迅速退回先前的小房間，輕輕關上門。抬起圓板，沿著鐵梯，逃回洞穴中。

小林豎耳傾聽了一會兒，發現女子似乎只拉開窗簾就感到安心了，並未進入小房間內。

幸好沒有被對方抓到，總算能夠平安無事逃脫。

「只要找到這些線索，今晚就已經足夠了。再繼續拖泥帶水，一旦吵醒房內那些男子，後果就不堪設想。還是趕快回牢籠裡去。」

小林爬下鐵梯，退回首領房，同時，將暗門全部重新關好。

手電筒放回五名大漢睡的房間裡後，趕緊又回到牢籠裡，上好鎖，躺回稻草堆上。

「太棒了，我到處巡視，卻沒有人察覺，這些盜賊未免太掉以輕心了。不過，沒想到首領竟然是個女的，真是太意外了。這麼漂亮的阿姨

卻是個不折不扣的竊賊，太遺憾了。」

躺在稻草上的小林，不斷想著先前遇到的女首領。思緒慢慢集中在一個焦點上。

「可惜沒有發現藏密碼的地方，一定是藏在女首領的寢室裡……」

小林看著黑暗的天花板，有一會兒的時間，一動也不動。突然，腦海中好像靈光乍現似的想到什麼。

「對了，一定沒錯。我知道了，我已經知道藏密碼的地方了。藏的真好，當時我怎麼沒有發現呢？」

小林興奮得坐起身。愉悅的思索著該如何取回密碼。

「趁著首領外出的時候，再潛回那個房間裡。等拿到密碼之後，再逃出這個地下室。明智老師看到我拿回密碼，一定會稱讚我。他一定會說，不愧是小林！」

想到這裡，他更興奮了。

「啊！等一等。就算得到密碼，如果無法逃出地下室也沒有用。即使等到半夜，大家睡著後再逃，可是一定有人在守夜。一定有人守在地下室的入口，以防我逃走。

今天大家都睡得很熟，雖然事情進行得很順利，但是，一旦有意外發生，其他手下一定會被吵醒，想逃離這裡也不是容易的事情。」

坐在草堆上的小林，手臂交疊，苦惱的思索著。又呆坐了一會兒，突然想到什麼絕妙好計似的喃喃自語說道：

「太棒了，真是個好妙計！雖然我比較矮，但是沒問題，一定可以進行得很順利。就在那些笨賊面前大手一揮逃走吧。如果成功，事後他們絕對會很驚訝。啊，真是太有趣了！」

小林低聲說著，不禁笑了起來。重新躺回稻草堆上，不久即沈沈進入夢鄉。找出密碼的藏匿處，而且也想到脫身的方法，小林很快就安心的入睡。

各位讀者，你認為小林是如何察覺藏匿密碼的地方？到底是藏在何處？還有他要如何從守衛面前輕鬆的脫逃？

各位讀者如果看過小林先前看到的景象，稍微回想一下，應該就可以知道。現在你們不妨先猜猜看！

令人欽佩的少年偵探

到翌日傍晚為止，什麼事都沒有發生。三餐是由昨天將小林關進牢籠裡那名手下送來的。每次他都會藉機嘲笑小林，小林也會不甘示弱的回嘴，鬆懈對方的戒心。

到了傍晚六點，同一名男子端著晚餐的餐盤來到鐵牢籠外。

「少爺，美味大餐來了，慢慢的享用吧！」

男子用鑰匙打開鎖，打開牢籠的門，將盤子端進去。又立刻關上門，上好鎖。

「哈哈哈，你的表情很奇怪噢！覺得很無聊嗎？如果有故事書就好了，可惜這裡沒有提供這種服務。我看你還是忍耐一下，先吃大餐吧。」

男子又開始嘲諷小林。

小林想到這名男子根本不知道他昨天晚上曾經溜出牢籠，只要每次看到他，都想捧腹大笑。一想到這名男子昨天晚上和其他人躺在床上鼾聲大作的呼呼大睡模樣，小林就忍俊不禁。

但是，盜賊作夢也沒想到他是明智偵探的助手，一直以為他是宮瀨不二夫，所以不能夠露出笑容，一定要裝出很害怕的模樣。

「叔叔。」

小林畏畏縮縮的輕聲叫道。

從今天早上開始，他就不斷想著要展開行動。可是又認為時機還不到，於是忍耐到現在。他認為現在時機已經成熟，打算開始行動。

「什麼事，你想要什麼東西嗎？不用客氣，儘管告訴我。你是重要的客人，首領吩咐我們要滿足你的要求。」

男子笑著，長滿鬍子的臉貼著鐵柵欄說道。

「叔叔，首領到底是誰？是什麼樣的人啊？」

小林若無其事的問道。

「是個可怕的叔叔呀！哈哈哈，老實說，我們也不知道首領是什麼樣的人。從來沒有看過他的真面目，不過，他個是好首領。生氣時雖然可怕，可是工作起來卻很能幹。否則，要我住在這個洞穴裡，我一天都忍耐不下去呢！」

小林早已識破首領的真實身份，但這名男子卻還懵懂無知。即使有強壯的力量，可是既然成為別人的手下，大概也不怎麼聰明吧！

「叔叔，這個地下室的入口只有一個嗎？」

小林愈來愈大膽，開始問其他問題。

「對，只有一個，就是帶你進來的那個入口。」

「那裡有人看守嗎？」

「哈哈哈，你怎麼問這麼奇怪的問題呢？難道你想逃走嗎？不行、不行，當然有人看守。地下室的入口不分晝夜，都有可怕的叔叔瞪大眼睛在那裡看守著。如果你想逃，他就會狠狠的修理你，不要想做愚蠢的事。而且如果你真的要逃，首先要有強大的力氣打破這個鐵牢籠，你辦得到嗎？哈哈哈！」

男子什麼也不知道，一副很有趣的譏笑著。

小林昨天晚上就曾經打開鐵牢籠，偷溜出去。擁有明智先生製作的萬能鑰匙，任何鎖都能輕易打開。男子不知道這一點，還無知的笑得很開心。看到這種情景，小林也想笑。

「叔叔，首領一直都待在這裡嗎？他不會偶爾出去嗎？」

小林若無其事的，問自己最想知道的事情。

「當然會出去。首領很少一整天都待在這裡，他有很多事情要辦，他可忙得很。今天晚上就要到某個地方辦大事。」

「噢，那他還是蒙面出去嗎？」

「哈哈哈，你問題還真多啊！晚上還蒙面出去，反而會引起別人注意，當然是照平常的裝扮出去了。」

「當他出去的時候，那你不就可以看到首領的真面目，你怎麼說不知道首領長什麼樣子呢？」

「還是看不到。首領是個魔術師，在我們大家沒有發現的情況下，他早就出去了。不知道什麼時候，他又回來了。首領是個易容高手，隨時都可以變換裝束出門。我們從來沒有看過他的真面貌。」

「真奇怪。那麼，一定有其他的祕密出入口吧！首領就是從那裡悄悄進出的吧？」

雖然小林知道祕密通道，但還是假裝不知道的詢問。

「我們也這麼想，可是到底在哪裡?大家都不知道。總之，我們認為首領是魔術師，擁有非常神奇的力量，讓我們很佩服。」

男子可能因為交談的對象是個小孩，所以不懷戒心全盤托出。

「那麼，首領今天晚上不在囉?」

小林最想問的就是這件事。

「嗯，不在。他大概半夜才會回來，每次都是這樣。」

小林聞言，心想「太棒了」。要偷回密碼，只有等到首領外出時才可以辦到。原以為要待在牢籠裡兩、三天才有機會，但是，沒想到這個機會這麼早就到來，真是太幸運了。今晚就是潛逃的最佳時機。想到此處，小林雀躍不已。

男子又開始嘲笑小林，但是，小林卻沈默不語。對方似乎覺得很無趣，最後就離開了。

「今晚有大事要辦，得先填飽肚子。」

小林趕緊吃著男子端來的晚餐，的確是美味大餐。有炸雞、番茄和滿滿的一碗飯，甚至附上紅茶。小林把晚餐吃得一乾二淨。

「首領半夜回來，那麼大概是十二點吧。在此之前，一定要完成工作才行。現在還太早了，他的手下一定都還在巡邏，就等到十點半左右再開始行動。」

小林看看手錶，還不到七點，必須再等三個半小時。

等待的時間似乎格外漫長，他看了好幾次手錶，總覺得指針好像停住不動似的。

終於過了漫長的三個半小時，十點半到來。

「終於要開始了，小林！你要努力，絕對不可以辜負明智老師的名聲。」

小林在心中鼓勵著自己。

由於昨晚已經有打開牢籠的經驗，所以，一取出萬能鑰匙，很快就打開鎖，走出牢籠。

豎耳聆聽微暗走廊的動靜，躡手躡腳的朝首領的房間前進。

途中要經過手下們的寢室，必須更加小心才行。在接近寢室門前，發現裡面幾個人正大聲笑鬧著。

如此一來，應該不會被發現了。小林安心的通過那扇門的前面，來到首領的房間。

小林按照昨晚的路線，通過祕密通道，潛入地上的建築物，那位美麗女首領的寢室去。

寢室果真空無一人，華麗的床上，垂掛著白色的絲緞。房間收拾得十分乾淨，不過，可以聞到陣陣的香水味。

小林走進房裡，哪兒都不去，直往梳妝台前走。從許多擺在上面的化妝品瓶中，找出女首領昨晚拿的那罐乳液壺，打開蓋子，他手指伸到白色的乳液中。

咦，小林難道瘋了嗎？半夜跑進竊賊的寢室，他想化妝嗎？

不，當然不是如此。請看，小林從乳液中，取出用小小的石蠟紙包住的東西。

仔細打開石蠟紙，裡面露出一張老舊的日本紙。

「啊，就是這個……」

小林興奮得滿臉通紅。這張紙片就是極為重要的宮瀨家的密碼文。也就是指出藏匿一千萬大金塊地點的密碼文。

啊！藏得真好！竟然想到將重要的密碼藏在化妝品壺中，一般人絕對想不到。

小林從口袋裡掏出筆記本，慎重的將密碼夾在裡面，再撕下一張筆記本的紙，用鉛筆在紙上寫東西。再將筆記本塞回衣服內側口袋中，紙張則放在外面的口袋裡。

接著，抹平乳液的表面，恢復原狀，蓋上蓋子，放回原位。然後又回到窗簾後方黑暗的小房間裡。

各位讀者已經知道，這個房間裡面，擺著蒙面首領的蒙面袋和俄國襯衫。小林似乎想到什麼，他將這些衣物挾在腋下，然後掀起圓板，爬下鐵樓梯。

爬下鐵樓梯後，來到大的西式櫥櫃中。小林爬出櫥櫃，開始做奇怪的事情。

他在他的西服上面，又穿上先前從首領寢室附帶的小房間裡拿來的俄國襯衫和長褲，再戴上絲絨的蒙面袋。結果，可愛的少年小林，立刻搖身一變，成為可怕的首領。

以小林的年紀來說，個子算比較高的，由於蒙面首領是女人，身材當然比一般男人身材矮，所以，俄國襯衫和長褲穿起來都非常合身。

這就是小林想出來的妙計。他喬裝成首領，想要在眾人面前大搖大擺的通過。

成為蒙面首領後，手上拿著筆記本撕下來的紙，走到首領房。經過微暗的走廊，朝地下室出口慢慢前進。

因為不知道出口在哪裡，所以，只好在走廊裡摸索。這時，迎面有一名手下走來。小林故作若無其事的走過去。手下不知道首領什麼時候回來的，畢恭畢敬的向他行禮。

「太棒了、太棒了，這樣就沒問題了。」

小林覺得很得意，大搖大擺的往前走。

不久，就發現地下室的出口。那裡有一個厚厚的木板門，在前面的小房間裡，一名高大的男子坐在椅子上，負責守衛的工作。看起來是個彪形壯漢。

但是，小林又若無其事的走近男子，默默的站在一旁，並將疊好的紙遞到男子面前。做出「我要外出，趕快開門」的動作。

原以為不在的首領，卻突然出現，守衛嚇了一跳。但是，因為平常

大金塊

就不知道首領的行蹤，所以他並沒有起疑。於是恭敬的鞠躬，「嘰」的一聲，打開厚厚的木板門。

事情實在進行得太順利了，小林就這樣輕鬆的走到屋外的黑暗中，沿著水泥階梯，爬到地面上。

守衛目送他離去後，關上木板門。坐回椅子上，打開首領交給他的紙片。大概認為是首領的命令文書吧。

可是，他將紙片湊近昏暗的燈光一看，守衛「啊」的大叫一聲。瞠目結舌，驚訝得說不出話來。

紙片上寫著痛快的字句。

密碼我已經帶回歸還真正的主人，謝謝你們豐富的招待，再見！

明智偵探助手　小林芳雄

追捕獵物

騙過盜賊，而且留下令首領吃驚的信之後，逃離開地下室的少年小林，首先想要找出在地下室上面究竟是哪一棟建築物，確認這裡隸屬於哪一個城鎮。

因為當初小林被歹徒綁到地下室時，被關在長椅中，根本看不到外面的情況。

他爬出地下室的樓梯，環顧四周，原來那是一個用水泥牆圍成的庭院。地下室的正上方是一棟古老的木造洋房。

沿著水泥牆跑，很快就來到正門。雖然正門是關著的，但旁邊的小門敞開著，所以小林能夠順利走到門外。

來到外面，藉著門燈的亮光，看向門柱，門牌上寫的是「目黑區上

目黑六丁目一一〇〇　今井清」女子的名字。

今井清一定是那個美麗女首領的假名，竟然用這麼溫柔的名字欺騙世人，而且還蒙面扮成男子，在地下室驅使眾多手下。

果然十分狡詐！世人絕對猜想不到，這名美豔的女人竟然是個邪惡的竊賊。

不過，小林根本無暇細想，再拖泥帶水，追兵就會追趕而來。於是趕緊背下門牌的地址和名字，就跑開了。

往前跑不久，路邊出現一片草地。小林跑到那裡，在黑暗中取下蒙面袋，脫掉俄國襯衫，恢復原先的少年裝扮。

然後將蒙面袋和襯衫捲起來挾在腋下，迅速跑到熱鬧的大街上。

「一定要趕緊通知明智老師，老師一定很擔心。啊，正好那邊有公共電話，回去之前先打電話通知他吧。」

小林又快步跑向城鎮角落的公共電話亭去。

「啊，小林嗎？你從哪裡打來的？你逃出來了嗎？密碼有沒有拿到手？真棒，不愧是小林。我知道你一定可以達成任務，但我還是有點擔心你。太棒了、太棒了！」

電話那頭傳來明智老師熱情的聲音。

小林簡短的告知竊賊首領是一名女子，同時說明她以今井清這個化名住在上目黑的洋房裡，並且說了自己留下一封信給女首領的事。明智偵探很擔心的說道：

「你在信上有沒有寫自己的名字呢？」

「當然有，我說自己是明智偵探的助手小林。那傢伙以為我是不二夫，一定嚇了一跳。」

「糟了，那就糟了。你怎麼會做這麼多餘的事情呢？」

「怎麼回事啊？」

小林不服氣的問道。

「怎麼回事？你難道還不明白？一旦知道你是我的助手，他們會更加警戒，可能會逃走。好不容易知道他們的賊窩，現在卻讓他們逃走，這不是功虧一簣了嗎？」

小林聞言，嚇了一跳。

確實是一大敗筆！只要取回密碼，不需要自暴身份。只要一走了之就算了，可是為了在盜賊面前逞威風卻留下信，當真是一大失誤。

「老師，我、我錯了。現在該怎麼辦呢？」

小林真的很自責，難過得快哭出來了。

「在你逃走時，那個女首領還沒回來嗎？」

「對。」

「好，那麼也許還來得及。我立刻打電話到警政署，請中村先生負責逮捕犯人，你趕快回來。」

中村是警政署的搜查組長，和明智偵探的交情深厚。

受到責備的小林覺得很失望，可是錯在自己，也無可奈何。絕對不能再失敗，暗自發誓後，離開公共電話亭。

已經十一點半了。路上還有人煙，也有計程車。他招呼了一部計程車，趕往明智偵探事務所。

「老師，真對不起，我太失算了。」

小林走進明智老師的書房，向他道歉。

「你不必道歉啦！就算竊賊逃走，但是你得到密碼，已經是功勞一件了。先前我說得太強硬了，你不要在意。」

又變成以往溫柔的老師。小林看到老師的笑容，鬆了一口氣。可是聽到老師溫和的語氣，對自己疏忽犯下的錯更覺得難為情。

「這是密碼，藏在化妝台的乳液壺中。」

小林從內袋的筆記本中取出密碼紙片，交給老師。接著報告得到密碼的經過。

「嗯！做得很好。只花了一個晚上就發現祕密通道，而且識破竊賊的真實身份，還找到藏匿密碼的地方。這件事只有你才能成功達成任務，謝謝你。」

明智偵探雙手搭在小林肩上，不斷向他致謝。小林聞言，眼眶一熱，心想為了老師，赴湯蹈火在所不辭。

「稍後我們再來研究密碼。」

明智偵探將密碼紙片放入書房祕密保險庫中。

「你取回密碼的事，我已經打電話向宮瀨先生報告，他很高興，然後再打電話給中村刑警。雖然已經很晚了，但是，遇到這麼大的案件，他一定會率領手下去逮捕竊賊。正好這裡是通往上目黑的道路，就請中村先生先順道到這裡來。」

「那麼我帶路嗎？」

「當然，我也會一起去。動作要快，避免竊賊逃走。」

這時候，大門外有汽車停下來的聲音。中村搜查組長一行人已經抵達。除了組長之外，還有七名刑警，分乘兩輛警車前來。逮捕陣容果然浩浩蕩蕩的。

明智偵探和少年小林坐在前面的警車上，負責帶路。兩輛警車就在深夜的街道上，朝著上目黑急馳而去。

竊賊留下的信

到了上目黑，一行人在距離賊窩一百公尺之前停車。沿著黑暗的街道，分散開來慢慢走近洋房。

在車上事先已經佈署妥當。中村搜查組長和明智偵探從大門進入。小林帶領五名刑警，從地下室直搗賊窩。剩下兩名刑警則負責看守洋房的正門和後門。

小林走在刑警前，小心翼翼的從樓梯跑到地下室。卻發現大門入口敞開，守衛早就不知去向。

「奇怪！」心裡納悶不已。再往裡頭走，來到原先五名手下的寢室前。房間的門也大開，床上空無一人，看來好像是剛搬家過似的。

「沒有人啊！」

一名刑警詢問小林。

「是的，可能他們逃走了。不過，我們還是去首領的房間看看。首領外出，說不定還沒有回來，如果還沒回來，也許我們可以守株待兔，將她一舉成擒。」

小林彷彿在安慰刑警，輕聲細語說著。沿著祕密通道，帶他們來到首領的房間。

在一片漆黑中，小林帶頭爬上鐵梯，另外五人跟在後面。終於來到地上的建築物內。

終於進入首領寢室，將厚厚的窗簾拉開一條細縫，悄悄往裡面窺伺。啊！在、在、在！那個美麗的女首領，好像什麼也不知道似的，還躺在床上睡覺。

就在這時，迎面的門靜靜的打開，有人偷偷溜進首領的寢室。

「咦！」開門的不是別人，正是明智偵探和中村組長。

兩人走進房裡，一眼就瞧見床上的女人，嚇了一跳，站在原地。兩人四目交接，好像在說「她就是女首領」，慢慢朝床逼近。

小林見狀，認為不能再坐視不管了，於是猛的拉開窗簾，立刻跳進房間裡面。

迎面入口處有中村組長和明智偵探，這邊的窗簾又跳進來小林和五名刑警，兩隊人馬逐步逼近床緣。

就算是再利害的女賊，這下子恐怕也束手無策了。兩邊出口都被堵住，而且對方有八人，自己卻是孤身一名弱女子，不可能逃脫得了。

當組長用眼睛示意時，一名刑警撲到床邊。女子一動也不動。不知道到底有沒有清醒，眼睛仍然緊閉著。

刑警抓住女賊，正想扛起穿著睡衣的女賊時……。

「咦？」

突然一把將女賊丟到地上。

女賊發出喀噹奇怪的聲響之後，靜靜的橫躺在地。

「是假人，只是一個蠟人。」

眾人聽到這名刑警的話，嚇了一跳。紛紛上前端詳女子的臉。

原來她不是活生生的人，只是一個穿著女首領睡衣的蠟人。可是因為手工十分精巧，所以沒有人發現是假人。

看來竊賊因為看到小林的信，早就有所準備。她認為明智偵探一定會到這裡來，於是事先放置假人，藉此來嘲弄名偵探。果然是個聰明狡猾的壞蛋。

「喔！假人手上握著紙片。」

刑警取出假人手上的一張紙，交給明智偵探。那是女首領寫給明智的信。如法炮製小林的做法，女賊也不甘示弱的留下一封信。

信上內容如下。

明智先生

這一次是我輸了，你有一個很傑出的少年助手。我只好暫時離開此地，可是我不會放棄宮瀨家的金塊，我一定會得到手，我還有最後的手段。

到底是什麼手段呢？就要運用你的智慧來猜猜看了。

密碼

第二天早上，明智偵探帶著不二夫來到宮瀨家。

主人宮瀨礦造在深夜接到通知，知道另一半的密碼已經找回來，在家等候明智前來。

明智將小林假扮成不二夫，被竊賊擄走之後所發生的事情，全都詳細告訴宮瀨。

「竊賊已經知道小林喬裝成不二夫的事，所以，不二夫沒有必要在待在我們家。今天我將他送回來。

還有警察一定會保護不二夫的安全，所以你家附近暫時會有刑警嚴密巡邏。」

「不好意思，麻煩你們了。我會加派工讀生，留意不二夫的安全。

密碼帶來了嗎？」

宮瀨似乎比較在意密碼。

「帶來了，就是這個。」

明智從口袋裡掏出紙片，放在桌上。

宮瀨趕緊拿過來，反覆看了兩、三遍，好像還是不明白似的思索著。

一會兒歪著頭看著明智問說：

「我實在看不懂，這到底是什麼意思？」

「我也不太了解。必須對照你戒指裡的另一半密碼來解讀。」

明智說著，在桌上的白紙上，用筆寫成以下的密碼。

鋸齒線前方的部分是藏在宮瀨戒指裡的一半密碼，後半段則是由小林奪回的另一半密碼。

「還是看不懂。到底應該怎麼解釋呢？」

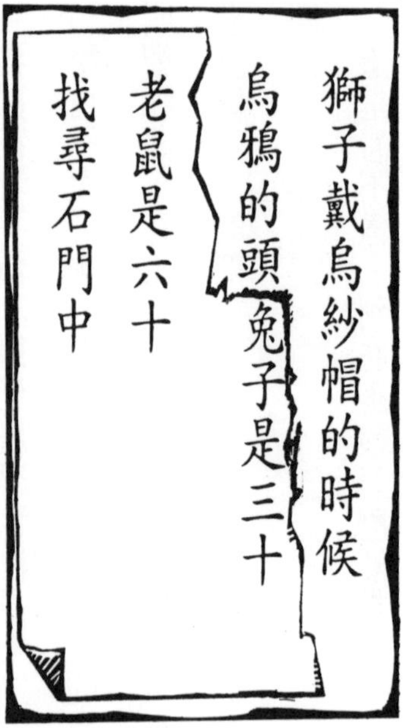
獅子戴烏紗帽的時候
烏鴉的頭兔子是三十
老鼠是六十
找尋石門中

宮瀨盯著紙片，看得一頭霧水。

「前面這段應該是『獅子戴烏紗帽的時候，烏鴉的頭』，後面應該是『兔子是三十，老鼠是六十，找尋石門中』。

全部連貫起來就是獅子戴烏紗帽的時候，烏鴉的頭兔子是三十，老鼠是六十，找尋石門中。」

「好像在動物園裡。烏鴉頭的兔子是什麼樣的動物呢？難道是有著兔子身體，卻是烏鴉頭的妖怪嗎？」

「看起來倒很像魔術師的咒語。我反覆念過幾遍後，開始有點了解其中的含意。

首先是最後的『石門中』。看來是指岩石當成門，堵住入口的洞穴。也許是指要找尋洞穴裡面。」

「可能是這樣。但是，這個動物又是什麼意思呢？兔子有三十隻，老鼠有六十隻，這是什麼意思啊？」

「不，仔細想想就可以知道，兔子和老鼠具有特別的意義。兔子這個字，我們可以寫成『卯』，老鼠可以寫成『子』，也就是說，兩者都是十二支之一。

十二支是指子、丑、寅、卯、辰、巳、午、未、申、酉、戌、亥，平常所謂的午年（馬年）或酉年（雞年），就是由這裡來的。」

「原來如此，也就是說……」

「也就是說，這兩個動物應該是表示方向。」

「啊，沒錯，正如你說的，應該就是指方向。」

宮瀨彷彿有重大發現似的，神情愉悅的看著明智。

「兔子是東邊，老鼠是北邊。也就是說，這是距東邊三十，距北邊六十的意思了。」

各位讀者，如果家中有老舊的羅盤，應該就不難明白。老舊的羅盤除了東南西北之外，還會利用十二支來標示方向。看過羅盤之後，就可以知道，東為卯、西為酉、南為午、北為子。

「那麼，三十和六十是指長度嗎？」

「沒錯。以前當然不是用公尺，而是用尺（註）或間為單位。如果是換算為間，六十間長達一百多公尺，似乎太遠了，所以應該是用尺為單位吧！也就是朝卯的方向，即東邊走三十尺，再朝子的方向，即北邊

註：一尺約三十公分，三十尺等於九・一公尺，六十尺等於十八・二公尺

走六十尺，應該就會有一個石門。」

明智輕易的就解開謎樣的密碼，宮瀨大為嘆服。

「那麼，前面的獅子或烏鴉又是什麼意思呢？這你知道嗎？」

「嗯！我大概可以猜到。」

明智笑著回答。

「這就比較麻煩了，光是思考很難釐清。我為了確認它的含意，於是查閱登山家的名冊，打電話給幾位有名的登山家，還寫信給他們，費了不少工夫。」

宮瀨聽到登山家，還是不明白其中的意義。登山家怎麼可能知道『戴烏紗帽的獅子』或『烏鴉的頭』是什麼呢？

戴烏紗帽的獅子

宮瀨很想知道明智如何解開這個密碼，所以一直看著偵探。

名偵探一如往常微笑著解說：

「這裡的動物有獅子和烏鴉，另外還出現烏紗帽。這三者究竟意味著什麼？我思考很久。

密碼的後面，標示出朝東三十尺，朝北六十尺的方位，那麼，獅子或烏鴉指的是否就是方位所在地的場所呢？

我想，這個場所可能位於山中。山中也許有象徵獅子或烏鴉之類的東西。當然山中沒有活的獅子，若是活的烏鴉，也會飛走。自然不會成為標幟。因此，應該不是真正的獅子或烏鴉。

幾經思索，我突然想到這種情況。

山中流動的河川溪谷兩側，經常有聳立的大岩石。當地人經常會給這些岩石命名。密碼的烏紗帽或獅子，可能就是岩石的名字，指的是烏紗帽岩或獅子岩。

我想，山中一定會有形狀像烏紗帽的岩石，或者是像獅子頭形狀的大岩石。

依據這種判斷，我想這個烏鴉頭，也許是和烏鴉頭形狀類似的岩石名稱，或許它就叫做烏鴉岩。只要我們全力去搜索，在某地方應該可以找得到。

也就是說，在某個山中，也許會有烏紗帽岩、獅子岩和烏鴉岩的地方。烏紗帽岩或獅子岩，也許各地都有。但是，如果同時存在烏紗帽岩、獅子岩及烏鴉岩三者的山，可能就不多了。

因此，只要找出有這三種岩石的山，就可以知道你祖先藏金塊的山名了。」

明智說明到此，宮瀨很信服的連連點頭，說道：

「原來如此，原來如此，或許你說得一點都沒錯，真的很有趣。那麼接下來呢？」

催促他繼續說下去。

「我翻閱登山會員的名冊，打電話或寫信去詢問著名的十位登山家，是否曾經見過有這種岩石的山。」

「結果呢？」

宮瀨迫不及待的湊上前問道。

「但奇怪的是，沒有人知道有這三種岩石聚集的山。」

「那是推理錯了嗎？」

「不，雖然不在山中，但是，其中有一位登山家卻說，他知道有這三種岩石的島。這個人不只擅長登山，還是個知名的旅行家，去過很多地方。」

「島？」

「對。不過，宮瀨先生，你說藏金塊的爺爺是東京人，那更早的祖先是不是三重縣的人呢？」

明智詢問時，宮瀨嚇了一跳，回答道：

「是的。我們的祖先是來自三重縣南方。你怎麼會知道？」

「看來應該就是那個島了。在三重縣南方的海上，有一個島，叫做岩屋島。島上有烏紗帽岩、獅子岩和烏鴉岩三種大岩石。

大神宮的宇治山田市南方，有一個叫做長島的小鎮。從那裡坐船，橫渡約八公里的大海，就可以到達岩屋島。方圓四公里都無人居住，是一個小島。

島上岩石林立。從遠處眺望，形狀就彷彿鬼面具朝上，躺在海面一般。因此，附近的人稱它為鬼島。還傳說裡面有鬼居住，所以，漁夫們平常都不敢接近這座鬼島。

你的爺爺知道祖先居住的三重縣附近，有一座人們不敢靠近的無人島，就從東京用船將金塊運到那裡，藏在鬼島上。讓大家都以為是在山中，其實是藏在海上吧！」

「原來寶物是藏在祖先的故鄉。」

「你可能不知道，你的父親經常會回到故鄉。他知道岩屋島有三塊岩石。而你的爺爺認為，就算別人不知道，你們家裡的人也應該都很清楚才對。」

「啊！對了，一定是這樣。明智先生，謝謝你。這個像謎語般的密碼，你竟然輕易就解開了，我做夢都沒有想到。那麼今天我就到島上去看看。如果方便，明智先生你能不能陪我走一趟？」

數十年來，無人解得開的謎團，由於明智偵探的幫忙，終於得以重見天日。宮瀨十分高興。

「我也很想去見識一下。雖然已經知道藏在岩屋島，但是，密碼還沒有完全解開。不到島上調查一下，恐怕還是無法揭開事實真相。」

宮瀨聞言，好像想起什麼似的，皺著眉頭。

「啊，對了，我有件事想問你。雖然知道獅子、烏紗帽和烏鴉是岩石的名稱，但是獅子岩戴烏紗帽，是什麼意思呢？雖然知道有這三種岩石，但是從那兒算起往東走三十尺，這又是什麼意思？」

「說的沒錯，這些我也不太了解。獅子戴著烏紗帽時，沿著烏鴉岩的頭，往東走三十尺。可是獅子戴著烏紗帽的含意我還不明白。總之，到島上找到三種岩石後，應該就可以解開謎團。」

就算是名偵探，對於獅子戴著烏紗帽的奇怪字句也解答不出來。

戴著烏紗帽的獅子，就好像漫畫中的人物一樣。這種完美的組合，卻讓人有奇異的感覺。

大獅子戴著烏紗帽，趴在海面的無人島上。想到這裡，就令人毛骨悚然。

鬼島

討論到前往岩屋島上的事宜時，宮瀨擔心的說道：

「我們外出時，竊賊會不會又擄走不二夫呢？小林假裝成不二夫，偷走密碼，警察直搗賊窩。對方會不會伺機報復？如果我們去旅行，那麼不二夫就很危險了。」

「說得對，我們不能不防。好，不二夫也一起到岩屋島。當然我也會帶小林去，他們兩人可以作伴。」

明智建議。

於是，宮瀨把不二夫叫到客廳，告訴他這件事情時，不二夫非常的興奮。

「好呀！我沒問題，我和小林一定可以幫爸爸的忙。我們就叫做鬼島探險隊好了。我最喜歡旅行。」

「哈哈哈……鬼島探險隊?這個說法不錯噢!你和小林就當桃太郎吧!哈哈哈……好,那麼我們立刻出發。」

宮瀨很高興的,決定帶不二夫去。不二夫雖然已經向學校請過假,但還是必須再向學校申請一次才行。想到萬一被竊賊抓走就糟了時,繼續請假也是無可奈何。

鬼島探險隊員就是明智、宮瀨、少年小林和不二夫等四人。

最後,決定第二天晚上啟程。

明智和宮瀨在登山服上繫上綁腿,拿著手杖。小林和不二夫則穿著輕便的服裝,也繫上綁腿。四人都背著背包。為了掩人耳目,特地從品川車站搭乘火車。

他們在火車上過夜。翌日中午,抵達三重縣南端的長島町。這是一個海岸的漁夫村。全村都瀰漫著海水的腥味,還可以聽到附近海浪拍打

岸邊的波濤聲。

四個人在村上唯一的一間旅館用餐。明智偵探叫來旅館老闆，打聽很多有關岩島屋的事情。

「噢！那座島，叫做鬼島。是這裡的名勝古蹟，常有遊客坐船去參觀。」

「鬼島是不是有烏紗帽岩、獅子岩和烏鴉岩三塊大岩石呢？」

「是的，是很奇怪的岩石。一個很像烏紗帽，一個很像獅子頭。還有你說的烏鴉岩，好像烏鴉張開嘴巴在叫似的。你們要坐船去參觀嗎？少爺們一定很高興。」

「那麼，請幫我們租一艘船。我們打算去玩一玩，也許還會在那裡過夜。請先跟船家打一下招呼吧。」

聽到明智說的話，店家吃驚的瞪大眼睛說道：

「咦，要到島上去?你們千萬不可以這麼做，在船上就可以看到獅子岩或烏鴉岩。島上全都是岩石，去那裡看不到什麼東西，而且漁夫們不喜歡把船開到那個島上去……」

他極力勸阻。

「漁夫們不喜歡，是有什麼原因嗎？」

「只是一些無聊的迷信啦！聽說島上以前住著鬼，鬼的靈魂現在還在島上。如果到那個島上去，會遇到可怕的事情噢！哈哈哈……這些漁夫們就像小孩一樣，全都信以為真了呢……」

因為這個原因，要租船非常麻煩。他們只好以一般船資的三倍當成謝禮，才讓一位老漁夫點頭答應。請他用配有發動機的日式木船，載著四人到岩屋島去。

海岸邊有一座石頭堆積起來的小棧橋，四個人就從那裡登船。

船中央有木板，木板上鋪著草席，四個人就擠坐在上面。雖然是小船，但是，尾端安裝了發動機，漁夫不必划槳。就像汽車駕駛一般，只

要讓發動機運轉即可。

耳邊傳來碰碰碰，發動機劇烈的聲響，船離海岸愈來愈遠。雖然沒有風，但還是有波浪。坐在船上彷彿坐在盪鞦韆上似的，感覺很舒服。

回頭看來時的方向，長島町已經愈來愈小了。前面則是一望無際的海洋。

遠處的水平線，從右邊盡頭到左邊盡頭，形成弓形。看到水平線，證明地球果然是圓的。

「太棒了，比鎌倉的海還棒，海洋實在太美了！你看，小林。遠方的汽船好像玩具一樣。」

「不二夫，你看下面，可以看到底部。我從未見過這麼乾淨的海。你看，還有大魚在那裡游來游去，好像是鯊魚噢！」

在長途的火車之旅中，不二夫和小林已經建立深厚的友誼。兩個人趴在船邊，看著湛藍的海水。雙手撥弄海水，引起水花四濺，覺得有趣得不得了。

航行了約二十分鐘，船繞過一個狹灣，朝海灣外繼續前行。

「那裡，就在那裡，那個島是不是就是鬼島？」

不二夫眺望遠處，詢問老漁夫。

「是的，少爺，那裡就是鬼島。」

「哇！真的好像。就像鬼面具躺在海面上，那是角，那是鼻子，還有那裡是嘴巴。哎呀，嘴巴裡還露出牙齒！」

不二夫興奮的大叫著。

「真的是鬼面具，實在很不可思議。」

宮瀨也用手抵住額頭，眺望遠方的小島，若有所思的說著。

這是一座形狀十分奇特的島。島上可以看到一些綠色的森林，不過，大部分仍然被灰色的岩石覆蓋。岩石的形狀形形色色，整體看起來就好像鬼面具一般。而鬼面具正仰望天空，浮在海面上。

「啊！波浪愈來愈大了。」

不二夫站在船上，搖搖晃晃的喊叫著。出了海灣之後，波浪變得更高。仔細一看，岩屋島岸邊的白色浪濤不斷拍打著鬼面具。

每當有波浪襲來時，船頭時進時退。發動機碰碰碰大聲響著，勇敢的往前挺進。隨著船愈是前進，眼前鬼面具的岩屋島就愈來愈大。

「獅子岩是哪一個啊？」

當不二夫詢問時，漁夫用手遙指一百公尺前方的小島回答道：

「還沒有看到獅子岩，不過，可以看到烏紗帽岩。你看，那個好像鬼角的地方，高處的部分就是烏紗帽岩。」

循著漁夫指的方向一看，岩石的形狀果然和古代烏紗帽如出一轍。

「在烏紗帽岩旁邊，有一個比較短的角聳立著，那個就是烏鴉岩。你看，就好像烏鴉張開嘴巴似的。」

果真是烏鴉頭的形狀。烏喙般突出的岩石分成兩塊，彷彿烏鴉正在鳴叫。

船和島之間的距離從五十公尺、三十公尺，漸漸變成二十公尺，愈來愈接近。崢嶸的岩石近在眼前。

「客人，你們還是要上島嗎？」

老漁夫看著明智偵探和宮瀨，他說話的口氣，似乎希望他們就這樣回去算了。

「是的，我們就是為了到島上才來這裡的。」

明智回答。

「我不想說些觸霉頭的話，但我還是勸你們打消念頭。幾年來，沒有人上過這座島。聽說鬼的靈魂還寄宿在這座島上。更何況你們還帶著兩個小少爺，不知道會發生什麼事。」

漁夫似乎不願再接近島，突然放慢船的速度，即使拖延一分鐘也好。以嚴肅的表情徵詢他們的意見。

「沒問題的，這兩個孩子雖然身材矮小，但是他們都很勇敢，絕對不會害怕妖怪。總之，你要按照原先的約定，帶我們到島上去。」

明智以堅定的語氣說道。漁夫無可奈何，只好將船駛向岸邊。

雖說是岸邊，但卻沒有沙岸。通過有如隧道般的岩洞下方，進入由岩石圍成的水池般的小灣洲。另一邊有由岩石構成的天然階梯，船來到階梯前方。

「我們打算在島上玩一會兒，你在這裡等我們。如果不想留在這裡，你可以先回去，兩小時後再來接我們。總之，隨你高興。」

明智對老漁夫說道。於是老漁夫回答：

「那麼我先回去，待會兒再過來接你們。我不想一個人留在這裡。」

低聲說著。趕緊將船掉頭，朝來時路回去。

年長者反而更怕鬼怪。

「這老爺爺膽子真小，好像害怕妖怪現在就會跑出來似的。」

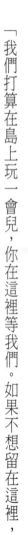

大金塊

不二夫打趣的說道。

「我們是來到鬼島的桃太郎，如果鬼真的出來，那就更有趣了。」

小林也在一旁附和。

四個人組成的探險隊爬上石階，來到鬼島上。

爬上岩石斷岩後，看到廣闊的平地。那裡不是岩石，而是泥土地。如森林般，樹木林立。一行人踩著經年無人通過的森林落葉，快步朝著烏紗帽岩的方向前進。

離開森林後，迎面而來的又是岩石。小林和不二夫手牽手，攀爬岩石。在看到如牆壁般的岩石峭壁時，楞了一下，呆立在原地。

「啊，那是獅子岩！」

「沒錯，跟神社裡的石獅子很像。」

那塊石頭約有五公尺大，獅子臉映入眼簾，甚至可以看到鬃毛和耳朵般的岩石。眼睛的部分形成陷凹處，眼睛下方狀似血盆大口。

這是普通的岩石，經過數千年的歲月，在風雨的侵蝕下造成的。不過，實在太不可思議了，真的就像一張獅子臉，彷彿是活生生的獅子。湊近一瞧，血盆大口好像要吃人似的。

各位讀者，四人探險隊終於來到目的地。獅子岩的對面，聳立著烏紗帽岩和烏鴉岩，這裡則有猙獰的獅子岩的臉。一眼就可以看到這三塊岩石。

但是，到底從這三塊岩石的哪裡算起，才是「往東三十尺」呢？每塊岩石都很大，究竟應該以何處作為根據地呢？根本完全看不出來。接下來，就看明智偵探如何大顯身手，解開謎團了。

解開謎團

因為這三塊岩石實在太獨特了，所以四個人暫時忘了金塊，一味的

玩賞奇岩。終於宮瀨想起密碼，對明智說道。

「你看，烏紗帽岩和獅子岩相距約五十公尺，那麼，獅子怎麼樣才能戴著烏紗帽呢？密碼寫著『獅子戴烏紗帽的時候』。可是，如果沒有發生大地震，這兩塊岩石根本無法碰在一起。明智先生，你對這句密碼有什麼看法呢？」

「我還在想。也許密碼並不是說烏紗帽岩戴在獅子岩上，應該有其他含意。再讓我思考一下。」

就算是明智偵探，也無法立刻解答。

於是四個人走在崎嶇的岩石路上，依序繞到獅子岩、烏紗帽岩和烏鴉岩旁仔細檢查。近看，三塊大岩石頗為詭異。不過，不二夫很興奮，邀小林爬到岩石上。並對下方的兩個大人揮手，高呼「萬歲」。

明智偵探一一細看岩石，並沒有什麼特別的發現。四個人又回到原先的獅子岩旁邊。

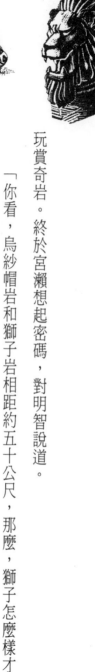

他們下午三點時來到島上。在檢視岩石的時候，時間一分一秒的流逝，現在已經五點了。太陽西斜，落在海面上，太陽的形狀變得越來越大，將海面漸漸染成紅色。

不二夫又爬上獅子岩，獨自在上面嘻戲。這時，突然大叫。

「太棒了、太棒了！獅子的形狀拉長了。小林，你看。獅子頭已經快到對面烏紗帽岩那裡了。我的影子也變長了，你看、你看……」

不二夫雙手在獅子岩上揮舞，不時大聲嚷嚷。手的影子的確拉長到對面的岩石處，不斷晃動著。

正如不二夫所言，獅子岩的影子現在已經投射到烏紗帽岩附近。站在下面的三個人聽到叫喊，看著地面的影子。突然明智偵探好像發現什麼似的，高興的對宮瀨說道。

「宮瀨先生，我明白了，我已經解開密碼之謎。這都要感謝不二夫，他的一番話解開了謎團。」

「不二夫說的話？我完全不了解……」

宮瀨驚訝的看著名偵探。

「請看！你注意到不二夫告訴我們的話嗎？獅子岩的影子拉長了，現在不是已經到達烏紗帽岩附近了嗎？如果太陽再稍微西沈，那麼影子還會拉長，獅子頭正好就會落在烏帽岩的下方。如此一來，獅子就好像戴烏紗帽一樣。密碼的意思是說，獅子頭的影子和烏紗帽的影子相連，正好就是獅子戴烏紗帽了。」

「啊！原來如此，對、對、對，的確沒錯。如果不到這裡來，就不了解密碼的意思，也就根本不會聯想到影子的問題。

不二夫，你立了大功。你不經意的一番話，竟然幫助明智先生解開密碼了。」

宮瀨高興的對坐在岩石上的不二夫叫道：

「還差一點，再等一會兒，等獅子戴上烏紗帽，烏鴉頭的影子指出的方位就很清楚了。從頭頂往東算三十尺，再往北走六十尺，那裏應該就會出現石門般的岩石。」

在他們說話的同時，太陽緩緩落向西方的水平線，獅子岩的影子愈來愈長了。

「大家到烏紗帽岩的前面去，看看獅子戴烏紗帽的樣子。我到烏鴉岩那裡去，看烏鴉頭的影子朝著哪裡。」

在明智偵探的指示下，宮瀨、不二夫和小林三個人，朝烏紗帽岩那邊跑去。明智則獨自一人跑向烏鴉岩。

不一會兒，在烏紗帽岩前方的小林大叫。

「老師，就是現在，獅子戴上烏紗帽了。」

這時，烏鴉岩的方向傳來明智的聲音。

「知道了，大家過來這裡。」

三個人連忙跑過去。面對烏鴉岩頭的影子的明智，笑著站在那裡。

「小林，從你的背包裡拿出捲尺來。就從我現在站的地方往東測量三十尺。」

小林迅速取出捲尺。明智用鞋子踩著捲尺的一端固定。接著看著手錶上附著的羅盤，舉起右手，指著東邊的方向。

小林循著手指的方向，移動捲尺往前走，停在三十尺處。

「這裡是三十尺。」

「好，站在那裡不要動。」

明智說著，移開踩著捲尺一端的腳。小林轉動捲尺的轉輪，將捲尺收回。

明智趕緊走到小林站的地方，再踩住捲尺的一端，這一次他指著北邊的方向。小林仿照先前的做法，將捲尺朝北邊移動。最初遇到崎嶇不平的岩石路，接著變成陡坡，最後來到山谷般的窪地。

「這裡正好六十尺。」

窪地底傳來小林的聲音。

「下面有什麼東西嗎？」

「有一個奇怪的洞穴。」

小林回答。

三個人迅速來到小林站立的地方。看見那如谷底般的岩石，一側的岩壁有一個大洞穴。

明智帶頭，一行人進入洞穴裡。隨即發現，只走了五公尺，就來到盡頭。

雖然是很淺的洞，但是因為位於深處，陽光照不到，所以顯得十分幽暗。在眼睛沒有習慣黑暗之前，什麼都看不清楚。

明智在洞穴中仔細檢查，突然好像發現什麼似的大叫著。

「啊！就是這個，就是這個！宮瀨先生，我看到石門了。」

大家愣了一下，全都跑過去。

「你看，這塊大岩石好像蓋子一樣，堵住通往洞穴裡的道路。不仔細看，很難發現。這塊岩石是嵌在這裡的。為了掩飾洞穴，所以用岩石當蓋子，密碼所說的『石門』，指的就是這塊岩石。」

「原來如此。這就表示岩石後面有更深的洞囉？」

「應該沒錯。我一個人推不動，必須大家合力，才能推開岩石。我們一起試試看。」

於是四個人合力，開始緩慢推動大岩石。

可疑的人影

花了約十分鐘，終於搬開了大岩石。結果深處真的有個洞穴。明智偵探從背包裡取出手電筒，照向洞穴中。通道一次只能勉強走一個人，相當狹窄。而且洞很深，看不到盡頭。

「洞這麼深，一定不是人為的。大概是岩石中的石灰溶解，自然形成的。不知道盡頭是怎樣的光景？

小林，你的背包裡有蠟燭，拿出來點亮。為避免洞裡有穢氣積存，所以先拿蠟燭進去探探情況。因為萬一沒有氧氣，火就會熄滅。這就是為什麼在探索地底深處的洞穴時，一定要事先準備蠟燭的原因。」

明智對兩個少年說明，同時接過小林點燃火的蠟燭，走在最前面，先進入黑暗的洞穴中。第二個是小林，拿著老師交給他的手電筒。接著是不二夫，走在最後的是宮瀨，他們戰戰兢兢的跟在明智後面。

洞穴蜿蜒曲折，漸漸變成下坡，似無止盡。約莫前進二十公尺的時候，出現了兩條岔路。

明智讓三人在原地等候，獨自先到兩邊洞穴深處檢查之後返回。以困惑的表情對宮瀨說道：

「再走下去很危險。洞穴裡有好幾條岔路，就好像迷宮一樣，如果走得太裡面，恐怕會走不回來。而且太陽已經下山，大家肚子都餓了。我看我們先回旅館，做好萬全的準備之後，明天再來一趟。下次要連便當都準備好。」

「嗯！我也認為這麼做比較好。而且那個老漁夫也可能在岸邊等很久了。我的祖先的確很謹慎，原以為打開石洞就可以得到金塊，沒想到還更在深處。就好像地底迷宮，迷路就完蛋了。」

宮瀨十分欽佩祖先的小心謹慎。

「那是當然的。這裡藏有將近一百萬兩的大金塊，你的祖先當然要特別小心。」

尋寶困難度愈高，明智鬥志愈是激昂。

四個人又將大岩石推回原處，擋住洞穴入口後，再回到岸邊船的停泊處。老漁夫果然已經等候多時了，於是，一行人平安無事的被送回長

大金塊

島的村子裡。

四個人在旅館好好的睡了一覺之後，第二天早上，精神奕奕。想到今天就可以找到大金塊，宮瀨、明智偵探和兩名少年都滿心歡喜。

如果連續兩天都到別人敬而遠之的鬼島遊玩，恐怕會讓人起疑。因此，他們捏造個謊言，對旅館的人說，在那座島上發現罕見的礦石，今天想再去採集。仍然請昨天的老漁夫，在早上九點左右，從長島村的海岸帶他們出發。

今天已經備妥飯糰、便當，四個人背包裡都塞得滿滿的。就算在地底迷宮裡迷路，至少還可以撐上兩天。為避免挨餓，所以要準備充足的糧食，水壺裡也都盛滿熱水。

來到島上，和先前一樣，請老漁夫再來接他們，讓老漁夫先回去。接著，四個人又來到昨天發現的洞穴。

他們搬開大岩石，將塞在背包裡，從東京帶來的細長麻繩子勾在洞穴入口的岩角上，抓著細繩往裡面走，這是預防不要迷路所做的準備。

和昨天一樣，明智拿著蠟燭走在最前面，小林和不二夫用手電筒照路，跟在後頭。宮瀨握著登山用的冰杖，小心翼翼的走在最後。

當時如果四個人能夠再細心一點，將整個島都檢查一遍，這樣就不會遇到後來可怕的事情了。

由於岩屋島是個無人島，所以，就連膽大心細的明智偵探也掉以輕心，沒有注意到這一點。

啊！真的有人。就在一行人進入洞穴時，在烏鴉岩石後面，有人站在那裡偷偷窺伺。

那個人穿著西裝，拿著冰杖，戴著鴨舌帽，遮住自己的臉，一直看著洞穴的入口。

不是本地人，而是來自都市的旅人。他到底是從哪裡來到島上的？如果是今天來的，那麼這麼小的鄉村，老漁夫應該知道才對。但是老漁

夫並沒有提到這麼一號人物。

奇怪，難道是在島上某處，住著這個不為人知的人嗎？還是他就是令本地人聞風喪膽的鬼魂？假扮成人的模樣，打算向四個侵入島上的人伺機報復。

四個人探險隊所到之處，究竟有什麼恐怖的遭遇在等著他們？

難道在地底發現金塊之前，會發生什麼意想不到的事件嗎？

地底的迷路者

距離洞穴入口五、六公尺的地方，通道愈來愈狹窄，四個人必須貼著地爬過去。離開這段路後，在比較寬廣的地方，通道分成兩條。

「先走右邊看看，那邊比較寬。」

明智說著，快步鑽進右邊的洞穴。從這裡開始，已經不需要爬行，可以站著走路。

走了一會兒，又遇到岔路。明智還是選擇右邊的通道前進。不斷往前走，洞穴蜿蜒曲折，好像沒有盡頭似的。每走五、六公尺就會遇到岔路或陡坡。原以為到達地底，沒想到又要開始爬坡。前進五、六十公尺後，根本不知道自己身在何處了。

「真是詭異的洞穴，不知道盡頭在什麼地方。難道島的地下全都是這個洞穴的一部分嗎？我的祖先怎麼會將寶物藏在那麼難找的地方，我想不需要這麼困難吧！」

宮瀨似乎覺得有點厭煩的說道。

「不，因為寶物相當珍貴，所以你的祖先一定要格外慎重了。這龐大的財產是他辛苦一輩子才累積起來的，普通人要擁有這麼龐大的財產是不容易的，我們費點勁兒去找也是應該的。」

明智笑著鼓勵大家。

再往前進，原本連肩膀都會碰到的兩側岩石逐漸開闊起來，可以看到地底寬廣處。用手電筒照亮四周，看不清楚對面的岩石，他們來到一個很大的洞穴。

明智還是選擇沿著右側，摸索著岩壁往前進。走了一會兒，突然墊後的宮瀨發出「啊！」的驚叫聲，叫聲從四面八方的岩壁反彈回來。到處都可以聽到「啊、啊、啊！」的回音。

「怎麼回事，宮瀨先生？」

帶頭的明智大聲問道。他的聲音混濁，同樣的話在黑暗中也不斷傳來回音。

小林在先前的事件『妖怪博士』中，已經遭遇過類似的經驗，所以並不害怕。但是，不二夫還是第一次聽到這種令人不寒而慄的回音，嚇得臉色蒼白，全身顫抖。

他擔心是不是有什麼妖怪躲在廣大的洞穴當中，模仿人的聲音，恐懼不已。父親到底發生什麼事？為什麼會發出如此可怕的叫聲？不二夫趕緊用手電筒朝後方照著父親的方向。

宮瀨雙手拿著已經愈來愈小的細繩球，緊抓著地面上的細繩。可是在拉扯的同時赫然發現，細繩竟然往自己這裡跑。不一會兒，細繩全都回到宮瀨的手上。

記得當時是繫在洞外的岩角上，難道在中途被切斷了嗎？拉回來的細繩並不長，這就表示應該是在中途被切斷的。

糟了，連唯一的路標都不見了，四個人也許再也回不到入口處。難道他們就要成為地底迷宮的迷路者，永遠在這裡徘徊，找不到出口嗎？

四個人佇立在原地，全都沈默不語。不知道前面還有什麼危險在等著自己，渾身不對勁。

這時，明智打破沈默說道：

「不要慌張，我來想想接下來該怎麼做。我們必須暫時往回走，先

回到細繩斷裂的場所，只要找到斷掉的繩子。如此一來，我們就可以回到入口處了。

我們就先找到繩子再說，這樣就可以找到來時路。小林和不二夫也要仔細看著地面噢！」

四個人只好按照剛才記著的路，又往回走，並且仔細搜尋地面。一行人彎著腰，臉貼近地面，慢慢的往前走。可是根本沒有看到任何細繩的蹤影。

宮瀨接過不二夫原先拿著的手電筒帶頭。接著是拿著蠟燭的明智偵探。最後是小林和不二夫手牽著手，小林用手電筒照著地面，慢慢的走著。

從廣大的洞穴又回到原先狹窄的道路。大家似乎都暫時忘記了身邊的同伴，一味的盯著地面走。漸漸的，兩名少年距離宮瀨和明智偵探愈來愈遠了。

「咦，爸爸和明智先生不見了。奇怪，前面好暗噢！」

不二夫嚇得大叫。往前一看，原本還閃爍著光芒的宮瀨的手電筒和明智的蠟燭，現在都看不到了。前方陷入一片黑暗。

「爸爸！」

不二夫快哭出來似的大叫著。聲音變成汪的聲音，朝遠處傳過去。豎耳聆聽，遠方突然傳來。

「喂，不二夫，你在哪兒？快到這裡來。」

是宮瀨的聲音。

「啊，在那裡。」

兩人趕緊循聲走去，但是無論他們怎麼走，就是看不到手電筒和蠟燭的光。

拚命往前跑時，通過了一些岔路。但是，由於太過慌亂，可能不小心轉錯了彎。

「爸爸！」

「明智老師！」

兩人大叫著，可是已經聽不見任何回答，只傳來自己的回音。

「奇怪，難道走錯路了嗎？我們再退回去看看。」

「好，就這麼做。」

兩個人連聲調都變了，覺得口乾舌燥，心跳加快。如果跟不上大人，不知道會遇到什麼危險，嚇得手腳發軟。

兩個人手牽著手往後退，可是再怎麼走都看不到光，再怎麼喊叫都聽不到宮瀨和明智偵探的回答。

在慌亂中，他們走入一些岔路，已經分不清哪裡是前、哪裡是後，找不到方向。

「爸爸！」

「明智老師！」

他們拚命呼喊，喊到喉嚨都乾了。在快跑的同時，小林突然撞到岩角，痛得大叫一聲，倒在地上。手上牽著的不二夫也被拉倒了，跌在小林的身上。

「沒事吧？有沒有受傷？」

壓在上面的不二夫趕緊爬起來，扶起小林，關切的問道。

「沒關係，只是膝蓋擦破皮。」

小林忍痛站起來。正想往前走時，突然發現通道愈來愈不清楚，原來手電筒的光消失了。

奇怪，摔倒時明明緊握著手電筒，為什麼現在無論怎麼搖晃，它就是沒有光線？不斷的按開關，就是沒有反應。

「手電筒弄丟了嗎？」

不二夫擔心的問道。

「不，還在我手上。但是已經沒有用了，可能是撞到岩角，燈泡撞

壞了吧。」

小林語帶嗚咽。

「給我看看。」

不二夫說著，在黑暗中摸到手電筒。用盡各種方法，可是仍然沒有反應。電池應該還有電，一定是燈泡裡的電絲斷了。

「啊，我想起來了，背包裡還有蠟燭呢！」

小林突然高興的大叫。

於是，慌慌張張的取出蠟燭，用火柴點燃，紅色的光芒立刻照亮四周。兩側聳立著猙獰的岩石。

藉著燭光，小林和不二夫可以略微看清彼此的臉。當紅光照在下巴時，臉變得有點詭異。

「你的臉像妖怪一樣。」

「你也是啊！」

兩個人調侃對方，勉強相視一笑。但是，笑容之中，又覺得全身有些毛骨悚然。

兩名少年真的成為地底迷宮的迷途羔羊了。宮瀨和明智偵探一定也在找兩人，但是，他們真的能再相遇嗎？或者在四人相遇時，還會發生更悲慘的事情呢？

水來了！水來了！

兩人不知道該往哪裡前進，雖然摸不清方向很危險，但是，一直待在原地，心裡的恐懼逐漸加深，於是兩人手牽手，繼續往前走。

一路上，他們還是不斷叫喊著「明智老師」「爸爸」，慌亂地徘徊在各個岔路上。

但是，怎麼走就是走不到入口，也許他們正朝反方向的深處前進也

不一定。而且因為是迷宮，所以或許走的都是同一條路。

本來可以奔跑的兩隻腿，現在腳步愈來愈沈重了。尤其不二夫，似乎很疲累的扶著岩角，搖搖晃晃的走著。

「我們不能再勉強走下去，得先休息一下，仔細思考接下來該怎麼辦。」

不愧是年紀比較大的小林，最先注意到這一點，叫住不二夫。

看看四周，這裡就好像小房間一樣，是個空曠的地方。兩人將蠟燭放在地面，並肩坐在角落突出的岩石上。

「我好渴啊！肚子也好餓。我們不是有帶便當嗎？現在著急也沒有用，要先冷靜下來才行。」

小林模仿明智偵探的語氣，故意裝作若無其事，想要安慰年紀比他年幼的不二夫。

「我一點都不餓，我只想早一點看到爸爸。」

不二夫只覺得害怕，根本不想吃便當。

「說什麼啊！如果冷靜的想想，也許可以找到出口，不用擔心。而且你得吃點東西。在洞穴裡野餐，不是很有趣嗎？你以後把這件事告訴別人，別人一定會稱讚我們很勇敢呢！」

小林說著，一邊喝著水壺裡的水。一邊從背包裡取出竹皮包的便當，開始大口吃著大飯糰。

不愧是明智偵探的名助手，他的勇氣實在令人欽佩。人只有在面臨真的痛苦和恐懼時，才知道真正的價值。小林的偉大，在地底的黑暗中表露無遺。

不二夫在小林的鼓勵下，終於恢復元氣。看到小林津津有味的吃著飯糰，突然覺得肚子餓了起來，於是，不二夫模仿小林，從背包裡拿出竹皮包的便當。

兩人就這樣，坐在岩石上吃光飯糰，還大口喝著水壺裡的水。

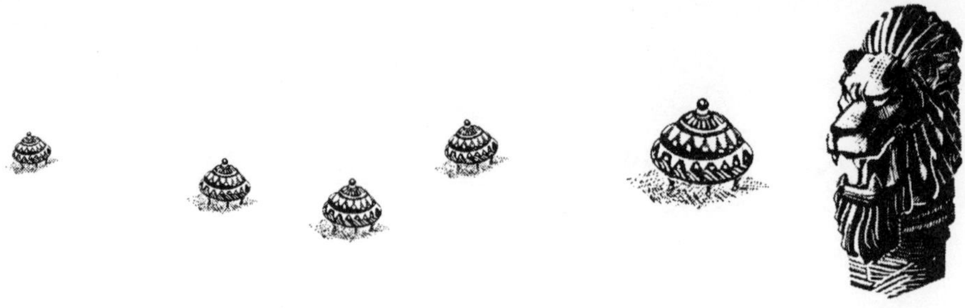

就在他們喝水的同時，忽然聽到奇怪的聲音，彷彿那是泉水湧出似的。不是水壺裡的水聲，而是更大的聲音，從遠處傳來。

「咦，你聽到了嗎？那是什麼，好奇怪的聲音？」

兩人面面相覷，豎耳聆聽。

聲音愈來愈大，好像響徹整個洞穴一般。

「難道是地震嗎？」

「不，如果是地震，我們的身體應該會搖晃，絕對不是地震。」

「那、那是什麼？愈來愈大聲了，好可怕！」

不二夫不禁緊抓著小林。

就在這時，響徹洞穴的聲響變成如打雷般淒厲的聲音。從洞穴前後兩側的入口，好像漆黑的怪物，轟轟的不斷湧了進來。不，不是怪物，而是水。大量的水瞬間湧入洞穴中，在燭光的朦朧照耀下，彷彿巨大的黑色怪物般。

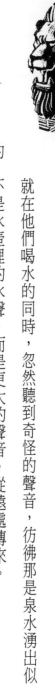

大金塊

然而，看到這種情景只是一瞬間的事，在驚愕的同時，一團黑色怪物已經佈滿整個洞穴，淹沒擺在地上的燭火。而且不斷朝坐在岩角上的兩人撲過來。

根本無暇細想，兩人跳到岩石上，躲避洪水。水不斷的發出可怕的聲響，湧入洞穴中。拍打岩石的聲音愈來愈往上傳來。

因為燭光已經熄滅，所以四周陷入黑暗之中。黑暗中只聽到水流轟轟的巨大聲響。水花好像已經濺到手、腳、臉上了。

兩個人站在岩石上，不知不覺間緊緊相擁，嚇得說不出話來。他們只有雙手緊緊用力的抱住對方，毫無招架之力。

水不斷的湧入，水面愈來愈高，眼看已經到達站在岩石上，兩人的腳底處了。

腳已經泡在水中，有如冰一般寒冷，透過襪子，一公分一公分的急速往上竄升。

現在水面已經漲到膝蓋的高度，速度快得驚人。

「不二夫，我知道了、我知道了，這是海水。因為漲潮，所以海水從岩縫裡流了進來。」

小林恍然大悟，開始思索水是從哪裡流進來的。

正如小林所言，這是海水。海有漲、退潮。漲潮時，水面會升高，升高的海水從遠處的岩縫中流入。

水既然會湧入這個洞穴，可見這個洞穴比海平面更低。雖然知道低，但是，到底低多少呢？如果低兩、三公尺的話，那麼，海水很快就會淹到洞穴頂端了。

雖然現在海水只到膝蓋，可是，接下來一定會慢慢升高到腰部、從腰部到腹部、從腹部到胸部，逐漸升高，連站都無法站。最後兩人必須在漆黑中游泳才行。

然而再怎麼游，也游不出這個洞穴。兩邊入口都低於水平面。就算

可以游到入口，也到不了沒有水的地方。

啊！兩個人的命運將會如何？難道會溺斃在這個黑暗的可怕洞穴裡嗎？難道我們再也看不到勇敢的小林和可愛的不二夫了嗎？

生或死

耳邊籠罩著轟隆轟隆的水聲，兩人嚇得無法動彈，彼此緊緊抱住對方，呆立在岩石上。

原本只到腳邊的水，一下子升高到膝蓋，現在已經打濕了褲子，到達腰部了。

這時，已經聽不到洞穴兩邊水湧入的聲音，但是這樣反而更糟糕，因為這就表示水的高度正不斷升高，水面已經比流入的水更高，而不是水流停止。

黑暗中的水面，無聲無息的一分一秒持續上升，從四面湧向抱住對方的兩人。已經到達腰部，肚子一片冰涼。接著，很快的連胸部都淹沒在漆黑的水中。

身體止不住搖晃，已經快站不穩了。

「你會游泳嗎？」

小林扯開喉嚨，大聲詢問不二夫。

「嗯，我會游……可是，如果水淹到洞穴頂端，我們該怎麼辦？那樣就無法呼吸了。」

這是最令人擔心的事情。雖然這個小房間似的洞穴，頂端岩石非常高，但是即使再高，只要低於海平面，洞穴裡還是會漲滿水。屆時兩人不能呼吸，只能等死。

「不二夫，明智老師平常就告訴我，就算有生命危險，又得不到救援，還是要奮戰到最後一秒，絕對不能夠放棄希望，要盡量想辦法讓自己脫離險境。

這就是和命運的挑戰。如果不努力，一定會失敗。所以不能絕望，要戰鬥到最後。游泳吧！我們要不停的游，和洪水奮戰到最後一刻。」

不愧是明智偵探的名助手，小林意志堅定，並不斷鼓舞比自己年幼的不二夫。

在小林的鼓勵之下，不二夫恢復元氣。兩人牽著手，在冰冷的海水中，開始直立式的游泳。

只要浮在水面上就可以了，所以不會覺得特別累。但是在寒冷的地底，泡在冰涼的海水中，實在凍得受不了。幸好現在時值春末，氣候溫暖，海水不夠冰冷。如果是冬天，兩人早就凍斃。

「不二夫，振作點，下腹部用力。冷靜下來，慢慢的海水就會退潮了。到時候水不會流進來，裡面的水也會從岩縫流出去。現在我們只要再撐一下就好了。」

小林在黑暗中不斷鼓勵不二夫。

「我看不到了，真的什麼都看不到了。你看得到東西嗎？」

不二夫一邊游，一邊顫抖的問道。

「我也看不到。我想失明的人應該就是這樣吧。」

真的就像失明一般。只聽到聲音，感受到冰冷的水，以及兩人緊握的雙手。

請各位讀者閉上眼睛，想想兩人現在的遭遇。當真讓人覺得既淒涼又可怕哪！

不久，不二夫哽咽的說道：

「水還繼續漲高嗎？」

「嗯，還沒退潮。我鑽下去查查吧！」

小林仍然精力充沛。

「不要啦！我不要放開你的手。」

不二夫在黑暗中，不願意放開小林的手。

「不會有事的，我去看一下就回來。」

小林一說完，就鬆開握著不二夫的手，鑽進水底。

不二夫聽到水聲，心臟噗通噗通的跳著。原本想叫小林的名字，但又想他在水中可能聽不到。只好忍耐著叫喚的衝動，留在原地等待。雖然只有三、四十秒的時間，但是對不二夫而言卻相當漫長。

終於又聽到水聲，有人用手擦著臉上的水。然後聽到小林說：

「哇，好深呀！大概有兩公尺以上，水不斷流進來。」

「咦，又流進來了嗎？」

不二夫感到很失望。不，不只是失望，原先的擔心又再度竄入腦海中。害怕水淹到洞穴頂端，無法呼吸，到時候該怎麼辦呢？這種令人恐懼的念頭盤旋不去。

不二夫正猶豫著不知道該不該談這件事情。這時，小林又發出驚訝的大叫：

「咦，好奇怪耶！不二夫，水開始流了。我們好像要被沖到什麼地方似的。你知道嗎？我們在水裡漂流呢！」

不二夫聞言，果然發現水開始流動。

「啊！是真的，難道開始退潮了嗎？」

不二夫也大叫著。

「不可能啊！我才剛檢查過，水還不斷的流進來。奇怪，到底是怎麼回事？」

對於水奇怪的流動方式，小林也摸不著頭緒。

他們渾身覺得不對勁，心跳也加速，擔心有可怕的事情又要發生。

水的流動愈來愈猛烈，確實朝某個方向流動，而且速度驚人。兩個人又手牽著手，不斷逆向游著，希望不要被沖走。可是，仍然無法抵擋快速的急流。

與其說是流動，不如說是水聚集到某個地方。洞穴中的水，好像從四面八方湧來，形成一個旋渦，不斷被吸入。

到底發生什麼事？有什麼強大的力量能夠將洪流吸過去？兩名少年腦海中頓時浮現黑色的龐然大物，怪物張開大口，彷彿要吞進洞穴中所有的水。想到這裡，令人不寒而慄。

藏寶洞

雖然水不停流動，但是，在只有五公尺見方的洞穴中，如果只朝一邊流，立刻就會碰到岩壁。

奇怪的是，兩人在洞穴中隨波逐流，卻沒有撞到岩壁。洞穴不可能這麼寬廣，原來有奇怪的事情發生了。

兩個人在水中拚命掙扎，這時，突然覺得手腳好像碰到什麼堅硬的東西。

小林先是趴在水中，接著奮力站起來。結果水的深度只剩到大腿的高度，已經能夠站立了。

「不二夫，變淺了、變淺了！沒事了，已經可以站起來了。站起來吧！」

聽到小林驚喜的叫聲，不二夫立刻站穩腳步。雖然水朝一側流動，但卻沒有衝倒他們的步伐。

站定之後，他們用手試著摸索四周，發現兩側都是岩壁。

「啊，我知道了。這是一個可以穿過的洞穴，在這麼高的地方，形成大岩縫，水就是往那裡流進去的。」

小林高興的說道。

「沒錯，我們得救了。」

不二夫雀躍萬分。

在接近洞穴頂端的地方，竟然有一個貫穿的洞穴。原本在洞穴裡的水，全都流到那裡去。水並沒有溺斃兩名少年，反而救了他們一命。

但是，不能因此就安心。如果這個通道，不遠處就是盡頭的話，那麼，等一下水還是會漲滿。

「啊！對了，當時我怕火柴弄濕，所以收在空罐裡面，放在腰包裡。現在可以拿出來用了。」

小林得意的說著。從腰包裡取出空罐，聽到膨一聲，蓋子打開了。

「咻」的一聲，點燃火柴，周圍立刻如白晝般光明。對已經習慣黑暗的眼睛而言，一根火柴的光亮也分外刺眼。

他們立刻環顧四周，迎面雖然狹窄，卻不是盡頭。

「我們過去看看。」

小林丟掉燒完的火柴，朝洞穴深處走去。不二夫則跟在他的身後。在水中前進了約五公尺，洞穴愈來愈窄，彎腰能夠勉強通過。在窄小的空間裡，用手摸索，又往前走了兩公尺。突然兩側的岩石消失，來到一個非常空曠的地方。

小林停下腳步，再度點燃火柴查看。原來是比先前洞穴大上一倍的大洞窟。

「不二夫，我們得救了。即使海水再流進來，有這麼大的洞穴，我們就不會被淹沒。」

低頭一看，水變得很淺，才有點淹到腳踝而已，流速也變得緩慢。

「還好一直在游泳。這都是你不停鼓勵我的關係。」

不二夫很高興的握住小林的手。

兩人看著廣大的洞穴。就在小林手上的火柴快要熄滅時，不二夫突然驚叫道：

「啊！那是什麼？那裡有奇怪的東西。」

「咦！在哪裡？」

在詢問的同時，火柴已經燒盡，於是小林又點亮另一根，照著不二夫手指的方向。

因為距離很遠，所以看不清楚。不過，應該不是岩石，而是很多四方形的東西。

兩人快步走過去。走到一半，火柴又燒完，只好再點燃另一根。來到那堆東西旁邊，用火柴照著細看。果然不是岩石，而是幾十、幾百個木箱，像山一樣堆積著。

那木箱看來很堅硬，有點像裝橘子的箱子，木箱的接縫處，用黑色的鐵板，彷彿帶子般固定住。

「咦！這會不會就是傳說中的千兩箱？」

不二夫欣喜的說道。

「嗯！和千兩箱一模一樣。啊，就是這個！就是這個！你們祖先藏的黃金就在這裡。」

小林因為這意想不到的大發現，渾然忘我的大叫著。

老實說，這些箱子做得比以前的千兩箱更大，但是，兩名少年並未察覺出來。

兩人拚命點亮火柴，看著這一堆箱子。忽然不二夫大叫著：

「你看到了嗎？這裡。你看，箱子破了，這裡有亮晶晶的東西……」

小林將火柴湊進一看。角落某個箱子的蓋子有裂縫，裂縫中可以看到金光閃閃的東西。

「是小金幣，是以前的小金幣！」

小林將手指伸入狹窄的縫隙中，取出四、五枚小金幣。再點燃一根火柴，兩人臉靠著臉，直盯著小金幣。

「真漂亮，是金子，所以一點都沒有生鏽。」

「對！明治維新是距今七十幾年前的事情了吧！這麼多的金子，這幾十年來，竟然沒有人知道，一直藏在這裡。」

「這些箱子裡，到底裝了多少小金幣啊？這是千兩箱，應該有一千個吧！」

「可能更多。你看！這裡全塞滿了，可能有兩千個噢？而且不光是小金幣，其他箱子裡一定還有大金幣。說不定還有金條呢！」

「這裡到底有幾個箱子啊？」

「數數看就知道了。」

兩名少年點燃好幾根火柴，開始數箱子的數目。因為箱子疊得亂七八糟，根本無法確切算出來。

「再數下去，火柴就不夠用了，我們還是先想辦法離開這個洞穴再說。即使發現金幣，如果不能出去，一切都是白費。」

小林回到現實當中，不再點燃火柴。正如他所說的，即使他發現寶物，可是如果要抱著寶物一起死，就沒有任何意義了。

「爸爸和明智老師到底在哪裡呢？」

不二夫失望的說道。

四周又陷入一片漆黑，兩人佇立在黑暗中。為了保留體力，他們都沈默不語。

「難道在這個地底迷宮，永遠都出不去了嗎……」

思及此，發現金幣的喜悅，似乎蕩然無存。

就在兩個人絕望之際，突然有一陣如閃電似的強光，一閃一閃照到對面的岩壁上。

兩人嚇了一跳，雙手緊握。為這突如其來的光線驚愕得說不出話來。

接著，又看到藍白光沿著岩壁移動。

「啊，我知道了，那是手電筒的光。」

小林抓著不二夫的手，低聲說道。

「啊！對了，是手電筒。難道……」

不二夫興奮的說著。

正如兩人所說的，那的確是手電筒的光。有人拿著手電筒，從洞穴對面的入口漸漸逼近。

不二夫理所當然的認為手電筒的主人是宮瀨和明智偵探，小林也有相同的看法。

「太棒了、太棒了！就在發現寶物的同時，兩個大人也來了，實在太幸運了！」

興奮得心跳加速，恨不得馬上衝過去……。

蒙面首領

原本想跑過去的兩名少年，卻突然聽到奇怪的聲響，是他們從未聽過的聲音。

「嘿嘿嘿，太好了，那四個傢伙現在已經迷路了。看來他們有苦頭吃了。」

「沒錯！他們真倒楣，不知道寶物藏在這裡，還在別的洞穴裡找。就算是名偵探，現在大概已經沒有力氣了。當成路標的繩子被切斷，他們一定走不出去。嘿嘿嘿，真是太痛快了。」

「不過，我真的沒想到會這麼順利。我們只是跟在他們後面，偷偷溜進來。不小心走進另一條路，卻意外發現這堆千兩箱，真是連神都很眷顧我們。」

「哈哈哈，說不定不是神，幫我們的應該是住在岩屋島的鬼魂。首領的運氣真不錯。」

一邊興奮的聊天，一邊接近的，不是一、兩個人，而是四、五名粗魯的男子。

兩名少年聽到這段對話，嚇得瑟縮著身子。原以為是同伴，不料竟然是可怕的敵人。

聽談話的內容就可以知道，他們為了搶奪大金塊，於是尾隨四人探險隊進入，並且切斷了路標繩。他們和四人走不同的路，結果運氣很好，被他們走對路，早就發現寶藏。他們大概是要等人數到齊，再將千兩箱運到外面。

萬一被發現，後果不堪設想。一旦知道他們是明智偵探的同夥，恐怕會有悲慘的下場。

小林二話不說，拉起不二夫的手，朝原先狹窄的洞穴逃逸。這個狹窄的洞穴有海水流入，而且愈到深處，海水愈深。但現在已經顧不得這些了，兩人必須趕緊鑽入高達膝蓋的冰冷海水中。

他們從裂縫往外一看，那些男子已經站在堆積如山的千兩箱前，正準備搬走這些箱子。

仔細一看，共有五名男子。個個孔武有力，相貌猙獰。不過，其中有一個比較矮小，穿著奇怪的黑色服裝。似乎是這些壞蛋的首領。

大金塊

有位男子用手電筒照著好像首領的矮小男子的臉。

就著手電筒的光線，看到的不是一張人的臉，而是一種難以形容的怪異動物，彷彿黑色妖怪一般，只露出眼睛和嘴巴，只有這三個洞是白的，其他部分連耳朵、鼻子都是黑的。

看到這情景之後，小林嚇了一跳。不久，他就知道他是比妖怪更可怕的傢伙。

這傢伙並非有一張漆黑的臉，而是用黑布罩著臉，只露出眼睛和嘴巴的部分。

各位讀者，相信你們都已經知道了吧！這是一名女子，就是先前將小林關在地下室的壞蛋們的女首領。穿著俄國黑色襯衫，蒙著臉，他的樣子與地下室的女首領一模一樣。

真是個固執的女賊！雖然標示大金塊隱藏地點的密碼被偷走，但是竟然換個手段，遠從東京尾隨而來。等到明智偵探發現藏寶的地點後，就想奪走大金塊。

小林察覺到這一點，不禁對竊賊們的執著感到非常害怕。彷彿夢魘似的，覺得眼前的事好像不是真的。

「喔！真重，光用那艘船，恐怕一次搬不完。」

一名男子扛著千兩箱，對首領說道。

「嗯！我看先搬三分之一吧！用船載到指定的地點後，再繼續回來搬。畢竟有一千萬圓，再怎麼辛苦都是值得的。從今天開始，你們都會變成有錢人。」

蒙面首領裝出男人的聲音，鼓勵手下們。手下們似乎還不知道首領是女人，全世界知道這個祕密的，恐怕只有小林一個人。

「嘿嘿嘿，我們全都要成為百萬富翁了，好像作夢似的。」

「如果是夢，這個夢可不要醒啊！這世間還真有趣。首領，我們拚命做壞事，卻從來沒有遇過這種好事。」

「別高興得太早，不先將這些寶藏搬出去，還不能安心。不知道會不會出什麼差錯？」

男子們一邊聊天，一邊將千兩箱一個個扛出洞穴。蒙面首領拿著手電筒，看著手下搬箱子，走在最後面。

終於聽不到壞蛋們的說話聲和腳步聲，而且手電筒的光亮也消失了。洞穴再度陷入黑暗中。

聽對方的談話，發現他們似乎要將船停泊在岩屋島某個地方，等他們將千兩箱運到船上，會再折返搬剩下的箱子。大概要往來洞穴和停船地點好幾趟。

小林看到歹徒們離開後，對不二夫說明先前被綁架的經過。兩人手牽著手，離開躲藏的地方。煞費苦心找到的寶藏，現在卻被這幾名壞蛋奪走，真令人懊惱！

可是，對方人數眾多，光憑兩個小孩的力量，根本無法抵擋。啊！

如果明智老師在就好了。一想到這裡，小林和不二夫都覺得很遺憾，為什麼運氣會這樣差呢？只能自認倒楣了。

「一直待在這裡也不是辦法。我看我們先跟蹤他們，再見機行事，也許會有什麼好方法。」

「嗯，聽他們這麼說，洞穴入口應該就在附近而已。」

兩人輕聲交談。點亮火柴，確認方向，小心翼翼的跟在竊賊身後。

在洞穴裡，一會兒左轉，一會兒右轉，不斷前進。洞穴愈來愈狹窄，逐漸無法站著走路，只能爬行。爬行穿過狹窄的通道後，來到較寬廣的道路。乍見微光，發現周遭逐漸明亮起來。

「咦，看來已經接近入口了，好像可以看到洞穴入口的光。」

外面還是白天，所以不能再貿然繼續前進，萬一被竊賊發現了，後果將不堪設想。

「你看，這裡有兩條路。我們走的是另一條較寬廣的岔路，才會遇

到那些可怕的事。當時如果走這條小路，就會比壞蛋更早一步發現金幣，真是可惜。」

「說的對。我們轉了一圈，似乎又回到原點。」

兩人還記得當時看到的岩石形狀。事實上，這條岔路決定往右走或往左走，小小的錯誤，可能就會遇到截然不同的下場。

「我們還是到入口看看。」

不二夫說著，朝光亮處走去。小林跟在他的身後，對地上光明的世界格外懷念。

就在他們走了五、六步時，後方的黑暗中，突然「啪！」的亮起了一道藍白光。亮光朝兩側岩壁不斷移動，兩人嚇了一跳，回頭看。

結果，從漆黑的洞穴深處，看到彷彿怪物眼睛似的閃閃發光的東西，正逐步往他們這裡逼近。原來是手電筒，似乎有人開著手電筒，正從比較大的那條岔路走出來。

兩名少年看到之後，驚愕得動彈不得。

一定是竊賊的手下。那個蒙面首領非常謹慎，一定留了手下在這裡看守，而兩個人不知道這點，竟然還接近此處，真是太魯莽了。現在他們已經無處可躲、無處可逃了。

啊！他們真的會被壞蛋抓住嗎？繼水難之後，還會遇到更可怕的命運嗎？運氣實在太糟了。難道神真的會放棄好人，幫助壞人嗎？真是如此嗎？那麼，小林和不二夫真的太可憐了。

最後的勝利

兩個少年瑟縮著身體，雙手緊握，心臟猛烈跳動，呆立不動。就好像被蛇抓住的青蛙一樣，根本沒有餘力脫逃。而黑暗中亮著的手電筒，彷彿大毒蛇的眼睛一般。

光芒熠熠的蛇眼睛，不斷朝這裡逼近。完了，沒救了，他們就要被抓到了！

小林和不二夫都已經覺悟了。雖然沒有交談，但是，緊握的雙手在做最後的道別。

這時，發生了出乎意料之外的事。

「啊！不二夫，這不是不二夫嗎？」

「啊！真的是他們。小林！」

突然閃耀的蛇眼睛後方，傳來他們再熟悉不過的聲音。

意外，真是太意外！對兩名少年而言，的確是喜出望外的意外。不是竊賊，非但不是竊賊，反而是同伴，而且是遍尋不著的明智偵探和宮瀨先生。

兩名少年興奮得大叫。小林撲向明智老師的懷抱，不二夫也一頭鑽進父親宮瀨的胸前。

師父和弟子、父親和兒子，四人在黑暗中緊緊相擁。大家全都感動得說不出話來。耳畔傳來啜泣聲，不二夫高興得喜極而泣。

後來才知道，明智偵探和宮瀨為了找尋兩人的下落，花了很長的時間，在地底迷宮不斷徘徊，不知不覺又回到洞穴入口。沒想到會在這裡遇到他們兩人，實是太幸運了！看來神並沒有放棄好人。壞蛋只是一時得志，然而好人卻會永遠幸福。

不過，現在還不是高興的時候，目前尚不知道竊賊何時會返回。小林立刻想起來剛才發生的事，於是趕緊說出事情的始末緣由。

明智和宮瀨聞言，十分驚訝。

「你們又立了大功，竟然找到金幣的藏匿地點，而且還遇到可怕的海水，你們真是太勇敢了。尤其是不二夫，真的很努力。」

明智稱讚年幼的不二夫，宮瀨則認為多虧小林的幫忙，說明智偵探的助手小林是不二夫的救命恩人。

「可是壞蛋們想要搶走金幣，打算用船載到別的地方去。老師，我們要怎麼樣抓住他們呢？」

小林擔心的說道。

「你安心吧，我想到一個妙計。無論對方有多少人，一定可以將他們一網打盡。宮瀨先生，我絕對不會讓你們祖先任何的一個小金幣被奪走，你放心吧！趁他們還沒有回來，我們趕快出去。」

明智偵探好像想到什麼妙計，先行一步朝洞穴入口走去。

就這樣，四人爬出狹窄的入口，回到令人懷念、陽光普照的地上世界。已經是傍晚了，事實上，從上午算起，他們在黑暗的地底下已經待了六、七個小時。

明智偵探看看四周，在距離洞穴入口二十公尺處，發現了一塊大岩石。一行人躲在岩石後面。

四人等待著竊賊們回來搬千兩箱。

從岩石一角探出頭偷偷往外看，可以看到壞蛋們在蒙面首領的帶領之下出現，進入岩洞中。

明智偵探在最後一名竊賊消失在岩洞中時說道：「就是現在。」催促眾人跑向洞穴入口。

各位讀者，還記得他們最初發現這個場所時，洞穴的入口是用大岩石堵住的嗎？這塊大岩石還放在入口的旁邊，明智偵探快步跑過去，雙手扶住大岩石。

「大家用力推，將洞口封住。」

明智輕聲的指示大家。

光靠一、兩人的力量是推不動那塊岩石的。但在四個人的努力下，大岩石被推動了。不一會兒，完全堵住洞穴入口。

的確是個好計策。如此一來，就不必和竊賊正面衝突或用繩子綑綁他們，不必費事，只需要一塊大岩石，就可以將五個壞蛋一舉成擒，真

不愧是名偵探。

「小林，你明白嗎？這是理科的問題。只要這麼做，裡面的人就無法推開這塊岩石。為什麼呢？因為洞的入口處非常狹窄，根本無法站立，如果想從裡面推開岩石，只能容納一個人這麼做。但是，即使力氣再大，一個人也無法辦到。」

明智偵探詳細解說道。在洞外，必須四人合力才能推動大岩石。在狹窄的洞穴中，就算人再多，也只有一個人可以推岩石。因此，當然無法推開岩石。

「他們在裡面，我們先搭竊賊的船回長島村，然後，請警察來逮捕這些壞蛋。這裡根本不用留人看守，就算他們能夠推得開岩石，可是沒有船，他們哪兒也不能去。因為他們絕對不可能游泳離開那麼遠的海岸。」

凡事考慮周延。四人並沒有等老漁夫的船來接送就回到了長島村。

而且如此一來，竊賊們就不可能離開岩屋島了。

不久他們就輕鬆的找到賊船，四人探險隊在與登陸地點相反側的島的另一邊斷崖，發現一艘華麗的蒸汽船。整艘船都是白色的，有很多窗戶，而且有客房。船頭用羅馬字印著「KAMOME MARU」（海鷗號）的字樣。

船上可能有竊賊的部下留守，於是躡手躡腳的靠近。但是，客房和機房都空無一人。看來竊賊為了儘早扛回千兩箱，所以全部總動員，跑進洞穴裡了。

四人搭乘美麗的「海鷗號」。明智偵探檢查一下機械，立刻開始駕駛。名偵探的技術果真高超。

蒸汽船航向藍藍的海洋，全速駛向遠處的長島村。

晴朗天空的另一端，映照著紅色的夕陽，海風徐徐吹拂，引擎如音樂般美妙。站在乘風破浪的「海鷗號」船頭的小林和宮瀨這兩名少年，

並肩凝視著遠處的海岸，他們齊聲唱著歌，吹著口哨。臉頰在夕陽的映照之下，煥發著希望的光彩。

不用說，包括蒙面首領在內，五名竊賊當天就被長島村的警察逮捕了。且確認蒙面首領就是美麗的女子。調查之後發現，這名女賊在近幾年，一直在東京、大阪等地做過無數的壞事。

日本全國的報紙，以一整個社會版刊登這個大事件。詳細報導在無人島地底隱藏的時價一千萬圓（相當於現今的兩百億日幣）的大金塊，以及和狡猾的女賊鬥智的名偵探明智小五郎與兩名少年的冒險故事。對新聞報導而言，這實在是千載難逢的大事件。

宮瀨將到手的金幣全都交還給政府的大藏省（即財政部）。一千萬圓的大金塊收藏在國家的金庫中，得到了政府無限的感謝和國民的喜悅，甚至大藏大臣（財政部長）還特地將宮瀨請到官邸，虔誠表達感謝之意。

宮瀨把金塊捐給政府，政府也發放龐大的金額要給宮瀨，但是宮瀨希望政府能用這筆錢來興建學校和醫院，貢獻社會，一切都為世人來著想。

名偵探明智小五郎因為這次的事件，聲名更為大噪，但是，世人對宮瀨的風評卻遠甚於明智偵探。

不過，與這兩位大人的行為相比，更令世人讚賞的，則是小林和不二夫讓人捏把冷汗的冒險故事。

發現大金塊、抓到竊賊，全都是由兩名少年用生命冒險所得到的結果。因此，小林、宮瀨兩名少年的名聲威震日本全國各地。

解說

找尋寶藏的趣味

二上洋一（文藝評論家）

〈距離北北東十一度北，遠眺山上的高樹，朝向東南東的骷髏島，銀棒在北邊的隱密處，朝東邊小山丘斜坡的黑岩站立時，在一百五十公尺南端就可以發現。〉

這是著名冒險小說，英國史蒂文生所寫的『金銀島』中的一段敘述。雖然密碼是很容易了解的文章，但如果有一些謎樣的字眼，相信更能振奮讀者的心。

按照指示前進，就能發現海盜所藏的寶藏。不僅是少年少女，對成人而言，也是很有趣的題材。

大金塊

只要解開謎樣的密碼，就能發現藏寶藏匿處。這種設定，無論是在海外或國內，都是一流冒險小說的要素。在許多故事中，經常可以看到這類情節。

事實上，德川家康所藏的小金幣或武田信玄隱藏的黃金等，這些傳說依然在民間流傳，甚至有人去挖掘，證明這些都頗具人氣。

〈獅子戴烏紗帽的時候，烏鴉的頭兔子是三十，老鼠是六十，找尋石門中〉

『大金塊』初版，講談社發行

只要解開這個密碼，就能夠找到大金塊，這就是『大金塊』的情節也是這類故事中之一。

江戶川亂步的『大金塊』，是從一九三九年一月號開始，到次年一九四〇年二月號為止，在少年月刊「少年俱樂部」中連載的故事。

「少年俱樂部」是現在「週刊少年マガジン」的前身。在大正、昭和時代，廣受少年讀者喜愛。

雜誌中連載「のらくろ」或「冒險ダン吉」等很多漫畫，同時也連載少年小說名著，有少年雜誌之王的美譽。

江戶川亂步的『大金塊』就是這些作品之一。

先前江戶川亂步已經寫過『怪盜二十面相』、『少年偵探團』、『妖怪博士』。怪盜二十面相與明智偵探、少年小林與少年偵探團的偵探小說，在「少年俱樂部」中連載，廣受讀者歡迎。

但是，從一九三七年開始，中日戰爭爆發，沒有餘暇享受偵探小說之樂。軍方強制必須刊載適合軍隊閱讀的小說或報導。

江戶川亂步只好放棄受人歡迎的「怪盜二十面相」系列，而改寫依然有明智偵探登場，卻沒有怪盜二十面相的尋寶故事。

大金塊

到了一九四一年，太平洋戰爭爆發，進入不適合寫『大金塊』及下一部作品『新寶島』等冒險小說的時代。

江戶川亂步使用小松龍之介的筆名，發表了『智慧一太郎』一書。但這一部不是小說，而是科學故事。

『大金塊』就是在這個艱難時代下的作品，可是仍不失其趣味性。

故事的題材是尋寶，這個任何人都感興趣的主題，而且有密碼，以及解答密碼的趣味性，再加上與竊賊鬥智的冒險要素，構成一部振奮人心的作品。

當然，大家熟悉的少年小林的活躍也不容忽視。

而且，這部作品具有江戶川亂步罕見的

創作『大金塊』舞台的熊野灘海岸

一大特徵。

偵探小說的解說中，具有不能談及技巧的規則，所以不能夠詳細說明。不過，像一九三四年發表的『黑蜥蜴』中具有同樣魅力的犯人，相信看過的人都應該恍然大悟。

亂步只設定少數的犯人，就能使故事產生趣味性。

關於江戶川亂步筆名的由來，相信各位都已經知道。

他的筆名是來自於艾德嘉．亞藍波的名著『黃金蟲』的密碼故事。

亞藍波是美國幻想詩人，被視為是「神祕小說的創始者」，著有『黃金蟲』、『黑貓』等不朽的作品。沒有看過的讀者，千萬不要錯過這幾部精采的小說，並好好的閱讀史蒂文生的『金銀島』吧！

法律專欄連載・大展編號 58

台大法學院　法律學系／策劃
法律服務社／編著

1.	別讓您的權利睡著了(1)	200 元
2.	別讓您的權利睡著了(2)	200 元

・生活廣場・品冠編號 61・

1.	366 天誕生星	李芳黛譯	280 元
2.	366 天誕生花與誕生石	李芳黛譯	280 元
3.	科學命相	淺野八郎著	220 元
4.	已知的他界科學	陳蒼杰譯	220 元
5.	開拓未來的他界科學	陳蒼杰譯	220 元
6.	世紀末變態心理犯罪檔案	沈永嘉譯	240 元
7.	366 天開運年鑑	林廷宇編著	230 元
8.	色彩學與你	野村順一著	230 元
9.	科學手相	淺野八郎著	230 元
10.	你也能成為戀愛高手	柯富陽編著	220 元
11.	血型與十二星座	許淑瑛編著	230 元
12.	動物測驗—人性現形	淺野八郎著	200 元
13.	愛情、幸福完全自測	淺野八郎著	200 元
14.	輕鬆攻佔女性	趙奕世編著	230 元
15.	解讀命運密碼	郭宗德著	200 元
16.	由客家了解亞洲	高木桂藏著	220 元

・女醫師系列・品冠編號 62

1.	子宮內膜症	國府田清子著	200 元
2.	子宮肌瘤	黑島淳子著	200 元
3.	上班女性的壓力症候群	池下育子著	200 元
4.	漏尿、尿失禁	中田真木著	200 元
5.	高齡生產	大鷹美子著	200 元
6.	子宮癌	上坊敏子著	200 元

7. 避孕　早乙女智子著　200 元
8. 不孕症　中村春根著　200 元
9. 生理痛與生理不順　堀口雅子著　200 元
10. 更年期　野末悅子著　200 元

・傳統民俗療法・品冠編號 63

1. 神奇刀療法　潘文雄著　200 元
2. 神奇拍打療法　安在峰著　200 元
3. 神奇拔罐療法　安在峰著　200 元
4. 神奇艾灸療法　安在峰著　200 元
5. 神奇貼敷療法　安在峰著　200 元
6. 神奇薰洗療法　安在峰著　200 元
7. 神奇耳穴療法　安在峰著　200 元
8. 神奇指針療法　安在峰著　200 元
9. 神奇藥酒療法　安在峰著　200 元
10. 神奇藥茶療法　安在峰著　200 元

・彩色圖解保健・品冠編號 64

1. 瘦身　主婦之友社　300 元
2. 腰痛　主婦之友社　300 元
3. 肩膀痠痛　主婦之友社　300 元
4. 腰、膝、腳的疼痛　主婦之友社　300 元
5. 壓力、精神疲勞　主婦之友社　300 元
6. 眼睛疲勞、視力減退　主婦之友社　300 元

・心 想 事 成・品冠編號 65

1. 魔法愛情點心　結城莫拉著　120 元
2. 可愛手工飾品　結城莫拉著　120 元
3. 可愛打扮 & 髮型　結城莫拉著　120 元
4. 撲克牌算命　結城莫拉著　120 元

・少年偵探・品冠編號 66

1. 怪盜二十面相　江戶川亂步著　特價 189 元
2. 少年偵探團　江戶川亂步著　特價 189 元
3. 妖怪博士　江戶川亂步著　特價 189 元
4. 大金塊　江戶川亂步著　特價 230 元
5. 青銅魔人　江戶川亂步著　特價 230 元
6. 地底偵探王　江戶川亂步著
7. 透明怪人　江戶川亂步著

8. 怪人四十面相	江戶川亂步著
9. 宇宙怪人	江戶川亂步著
10. 恐怖的鐵塔王國	江戶川亂步著
11. 灰色巨人	江戶川亂步著
12. 海底魔術師	江戶川亂步著
13. 黃金豹	江戶川亂步著
14. 魔法博士	江戶川亂步著
15. 馬戲怪人	江戶川亂步著
16. 魔人剛果	江戶川亂步著
17. 魔法人偶	江戶川亂步著
18. 奇面城的秘密	江戶川亂步著
19. 夜光人	江戶川亂步著
20. 塔上的魔術師	江戶川亂步著
21. 鐵人Q	江戶川亂步著
22. 假面恐怖王	江戶川亂步著
23. 電人M	江戶川亂步著
24. 二十面相的詛咒	江戶川亂步著
25. 飛天二十面相	江戶川亂步著
26. 黃金怪獸	江戶川亂步著

・武 術 特 輯・大展編號 10

1. 陳式太極拳入門	馮志強編著	180 元
2. 武式太極拳	郝少如編著	200 元
3. 練功十八法入門	蕭京凌編著	120 元
4. 教門長拳	蕭京凌編著	150 元
5. 跆拳道	蕭京凌編譯	180 元
6. 正傳合氣道	程曉鈴譯	200 元
7. 圖解雙節棍	陳銘遠著	150 元
8. 格鬥空手道	鄭旭旭編著	200 元
9. 實用跆拳道	陳國榮編著	200 元
10. 武術初學指南	李文英、解守德編著	250 元
11. 泰國拳	陳國榮著	180 元
12. 中國式摔跤	黃 斌編著	180 元
13. 太極劍入門	李德印編著	180 元
14. 太極拳運動	運動司編	250 元
15. 太極拳譜	清・王宗岳等著	280 元
16. 散手初學	冷 峰編著	200 元
17. 南拳	朱瑞琪編著	180 元
18. 吳式太極劍	王培生著	200 元
19. 太極拳健身與技擊	王培生著	250 元
20. 秘傳武當八卦掌	狄兆龍著	250 元
21. 太極拳論譚	沈 壽著	250 元
22. 陳式太極拳技擊法	馬 虹著	250 元

23. 二十四式/三十二式 太極 拳/劍	闞桂香著	180 元
24. 楊式秘傳 129 式太極長拳	張楚全著	280 元
25. 楊式太極拳架詳解	林炳堯著	280 元
26. 華佗五禽劍	劉時榮著	180 元
27. 太極拳基礎講座：基本功與簡化 24 式	李德印著	250 元
28. 武式太極拳精華	薛乃印著	200 元
29. 陳式太極拳拳理闡微	馬　虹著	350 元
30. 陳式太極拳體用全書	馬　虹著	400 元
31. 張三豐太極拳	陳占奎著	200 元
32. 中國太極推手	張　山主編	300 元
33. 48 式太極拳入門	門惠豐編著	220 元
34. 太極拳奇人奇功	嚴翰秀編著	250 元
35. 心意門秘籍	李新民編著	220 元
36. 三才門乾坤戊己功	王培生編著	220 元
37. 武式太極劍精華 +VCD	薛乃印編著	350 元
38. 楊式太極拳	傅鐘文演述	200 元
39. 陳式太極拳、劍 36 式	闞桂香編著	250 元
40. 正宗武式太極拳	薛乃印著	220 元

·原地太極拳系列· 大展編號 11

1. 原地綜合太極拳 24 式	胡啟賢創編	220 元
2. 原地活步太極拳 42 式	胡啟賢創編	200 元
3. 原地簡化太極拳 24 式	胡啟賢創編	200 元
4. 原地太極拳 12 式	胡啟賢創編	200 元

·名師出高徒· 大展編號 111

1. 武術基本功與基本動作	劉玉萍編著	200 元
2. 長拳入門與精進	吳彬　等著	220 元
3. 劍術刀術入門與精進	楊柏龍等著	220 元
4. 棍術、槍術入門與精進	邱丕相編著	220 元
5. 南拳入門與精進	朱瑞琪編著	元
6. 散手入門與精進	張　山等著	元
7. 太極拳入門與精進	李德印編著	元
8. 太極推手入門與精進	田金龍編著	元

·實用武術技擊· 大展編號 112

1. 實用自衛拳法	溫佐惠著
2. 搏擊術精選	陳清山等著

・道學文化・大展編號 12

1.	道在養生：道教長壽術	郝 勤等著	250 元
2.	龍虎丹道：道教內丹術	郝 勤著	300 元
3.	天上人間：道教神仙譜系	黃德海著	250 元
4.	步罡踏斗：道教祭禮儀典	張澤洪著	250 元
5.	道醫窺秘：道教醫學康復術	王慶餘等著	250 元
6.	勸善成仙：道教生命倫理	李 剛著	250 元
7.	洞天福地：道教宮觀勝境	沙銘壽著	250 元
8.	青詞碧簫：道教文學藝術	楊光文等著	250 元
9.	沈博絕麗：道教格言精粹	朱耕發等著	250 元

・易學智慧・大展編號 122

1.	易學與管理	余敦康主編	250 元
2.	易學與養生	劉長林等著	300 元
3.	易學與美學	劉綱紀等著	300 元
4.	易學與科技	董光壁 著	280 元
5.	易學與建築	韓增祿 著	280 元
6.	易學源流	鄭萬耕 著	元
7.	易學的思維	傅雲龍等著	元
8.	周易與易圖	李 申 著	元

・神算大師・大展編號 123

1.	劉伯溫神算兵法	應 涵編著	280 元
2.	姜太公神算兵法	應 涵編著	280 元
3.	鬼谷子神算兵法	應 涵編著	280 元
4.	諸葛亮神算兵法	應 涵編著	280 元

・秘傳占卜系列・大展編號 14

1.	手相術	淺野八郎著	180 元
2.	人相術	淺野八郎著	180 元
3.	西洋占星術	淺野八郎著	180 元
4.	中國神奇占卜	淺野八郎著	150 元
5.	夢判斷	淺野八郎著	150 元
6.	前世、來世占卜	淺野八郎著	150 元
7.	法國式血型學	淺野八郎著	150 元
8.	靈感、符咒學	淺野八郎著	150 元
9.	紙牌占卜術	淺野八郎著	150 元
10.	ESP 超能力占卜	淺野八郎著	150 元

11. 猶太數的秘術	淺野八郎著	150 元
12. 新心理測驗	淺野八郎著	160 元
13. 塔羅牌預言秘法	淺野八郎著	200 元

・趣味心理講座・大展編號 15

1. 性格測驗① 探索男與女	淺野八郎著	140 元
2. 性格測驗② 透視人心奧秘	淺野八郎著	140 元
3. 性格測驗③ 發現陌生的自己	淺野八郎著	140 元
4. 性格測驗④ 發現你的真面目	淺野八郎著	140 元
5. 性格測驗⑤ 讓你們吃驚	淺野八郎著	140 元
6. 性格測驗⑥ 洞穿心理盲點	淺野八郎著	140 元
7. 性格測驗⑦ 探索對方心理	淺野八郎著	140 元
8. 性格測驗⑧ 由吃認識自己	淺野八郎著	160 元
9. 性格測驗⑨ 戀愛知多少	淺野八郎著	160 元
10. 性格測驗⑩ 由裝扮瞭解人心	淺野八郎著	160 元
11. 性格測驗⑪ 敲開內心玄機	淺野八郎著	140 元
12. 性格測驗⑫ 透視你的未來	淺野八郎著	160 元
13. 血型與你的一生	淺野八郎著	160 元
14. 趣味推理遊戲	淺野八郎著	160 元
15. 行為語言解析	淺野八郎著	160 元

・婦 幼 天 地・大展編號 16

1. 八萬人減肥成果	黃靜香譯	180 元
2. 三分鐘減肥體操	楊鴻儒譯	150 元
3. 窈窕淑女美髮秘訣	柯素娥譯	130 元
4. 使妳更迷人	成 玉譯	130 元
5. 女性的更年期	官舒妍編譯	160 元
6. 胎內育兒法	李玉瓊編譯	150 元
7. 早產兒袋鼠式護理	唐岱蘭譯	200 元
8. 初次懷孕與生產	婦幼天地編譯組	180 元
9. 初次育兒 12 個月	婦幼天地編譯組	180 元
10. 斷乳食與幼兒食	婦幼天地編譯組	180 元
11. 培養幼兒能力與性向	婦幼天地編譯組	180 元
12. 培養幼兒創造力的玩具與遊戲	婦幼天地編譯組	180 元
13. 幼兒的症狀與疾病	婦幼天地編譯組	180 元
14. 腿部苗條健美法	婦幼天地編譯組	180 元
15. 女性腰痛別忽視	婦幼天地編譯組	150 元
16. 舒展身心體操術	李玉瓊編譯	130 元
17. 三分鐘臉部體操	趙薇妮著	160 元
18. 生動的笑容表情術	趙薇妮著	160 元
19. 心曠神怡減肥法	川津祐介著	130 元

20. 內衣使妳更美麗	陳玄茹譯	130 元
21. 瑜伽美姿美容	黃靜香編著	180 元
22. 高雅女性裝扮學	陳珮玲譯	180 元
23. 蠶糞肌膚美顏法	坂梨秀子著	160 元
24. 認識妳的身體	李玉瓊譯	160 元
25. 產後恢復苗條體態	居理安・芙萊喬著	200 元
26. 正確護髮美容法	山崎伊久江著	180 元
27. 安琪拉美姿養生學	安琪拉蘭斯博瑞著	180 元
28. 女體性醫學剖析	增田豐著	220 元
29. 懷孕與生產剖析	岡部綾子著	180 元
30. 斷奶後的健康育兒	東城百合子著	220 元
31. 引出孩子幹勁的責罵藝術	多湖輝著	170 元
32. 培養孩子獨立的藝術	多湖輝著	170 元
33. 子宮肌瘤與卵巢囊腫	陳秀琳編著	180 元
34. 下半身減肥法	納他夏・史達賓著	180 元
35. 女性自然美容法	吳雅菁編著	180 元
36. 再也不發胖	池園悅太郎著	170 元
37. 生男生女控制術	中垣勝裕著	220 元
38. 使妳的肌膚更亮麗	楊　皓編著	170 元
39. 臉部輪廓變美	芝崎義夫著	180 元
40. 斑點、皺紋自己治療	高須克彌著	180 元
41. 面皰自己治療	伊藤雄康著	180 元
42. 隨心所欲瘦身冥想法	原久子著	180 元
43. 胎兒革命	鈴木丈織著	180 元
44. NS 磁氣平衡法塑造窈窕奇蹟	古屋和江著	180 元
45. 享瘦從腳開始	山田陽子著	180 元
46. 小改變瘦 4 公斤	宮本裕子著	180 元
47. 軟管減肥瘦身	高橋輝男著	180 元
48. 海藻精神秘美容法	劉名揚編著	180 元
49. 肌膚保養與脫毛	鈴木真理著	180 元
50. 10 天減肥 3 公斤	彤雲編輯組	180 元
51. 穿出自己的品味	西村玲子著	280 元
52. 小孩髮型設計	李芳黛譯	250 元

・青 春 天 地・大展編號 17

1. A 血型與星座	柯素娥編譯	160 元
2. B 血型與星座	柯素娥編譯	160 元
3. O 血型與星座	柯素娥編譯	160 元
4. AB 血型與星座	柯素娥編譯	120 元
5. 青春期性教室	呂貴嵐編譯	130 元
7. 難解數學破題	宋釗宜編譯	130 元
9. 小論文寫作秘訣	林顯茂編譯	120 元
11. 中學生野外遊戲	熊谷康編著	120 元

12. 恐怖極短篇　柯素娥編譯　130 元
13. 恐怖夜話　小毛驢編譯　130 元
14. 恐怖幽默短篇　小毛驢編譯　120 元
15. 黑色幽默短篇　小毛驢編譯　120 元
16. 靈異怪談　小毛驢編譯　130 元
17. 錯覺遊戲　小毛驢編著　130 元
18. 整人遊戲　小毛驢編著　150 元
19. 有趣的超常識　柯素娥編譯　130 元
20. 哦！原來如此　林慶旺編譯　130 元
21. 趣味競賽 100 種　劉名揚編譯　120 元
22. 數學謎題入門　宋釗宜編譯　150 元
23. 數學謎題解析　宋釗宜編譯　150 元
24. 透視男女心理　林慶旺編譯　120 元
25. 少女情懷的自白　李桂蘭編譯　120 元
26. 由兄弟姊妹看命運　李玉瓊編譯　130 元
27. 趣味的科學魔術　林慶旺編譯　150 元
28. 趣味的心理實驗室　李燕玲編譯　150 元
29. 愛與性心理測驗　小毛驢編譯　130 元
30. 刑案推理解謎　小毛驢編譯　180 元
31. 偵探常識推理　小毛驢編譯　180 元
32. 偵探常識解謎　小毛驢編譯　130 元
33. 偵探推理遊戲　小毛驢編譯　180 元
34. 趣味的超魔術　廖玉山編著　150 元
35. 趣味的珍奇發明　柯素娥編著　150 元
36. 登山用具與技巧　陳瑞菊編著　150 元
37. 性的漫談　蘇燕謀編著　180 元
38. 無的漫談　蘇燕謀編著　180 元
39. 黑色漫談　蘇燕謀編著　180 元
40. 白色漫談　蘇燕謀編著　180 元

・健 康 天 地・大展編號 18

1. 壓力的預防與治療　柯素娥編譯　130 元
2. 超科學氣的魔力　柯素娥編譯　130 元
3. 尿療法治病的神奇　中尾良一著　130 元
4. 鐵證如山的尿療法奇蹟　廖玉山譯　120 元
5. 一日斷食健康法　葉慈容編譯　150 元
6. 胃部強健法　陳炳崑譯　120 元
7. 癌症早期檢查法　廖松濤譯　160 元
8. 老人痴呆症防止法　柯素娥編譯　170 元
9. 松葉汁健康飲料　陳麗芬編譯　150 元
10. 揉肚臍健康法　永井秋夫著　150 元
11. 過勞死、猝死的預防　卓秀貞編譯　130 元
12. 高血壓治療與飲食　藤山順豐著　180 元

13. 老人看護指南	柯素娥編譯	150 元
14. 美容外科淺談	楊啟宏著	150 元
15. 美容外科新境界	楊啟宏著	150 元
16. 鹽是天然的醫生	西英司郎著	140 元
17. 年輕十歲不是夢	梁瑞麟譯	200 元
18. 茶料理治百病	桑野和民著	180 元
19. 綠茶治病寶典	桑野和民著	150 元
20. 杜仲茶養顏減肥法	西田博著	170 元
21. 蜂膠驚人療效	瀨長良三郎著	180 元
22. 蜂膠治百病	瀨長良三郎著	180 元
23. 醫藥與生活(一)	鄭炳全著	180 元
24. 鈣長生寶典	落合敏著	180 元
25. 大蒜長生寶典	木下繁太郎著	160 元
26. 居家自我健康檢查	石川恭三著	160 元
27. 永恆的健康人生	李秀鈴譯	200 元
28. 大豆卵磷脂長生寶典	劉雪卿譯	150 元
29. 芳香療法	梁艾琳譯	160 元
30. 醋長生寶典	柯素娥譯	180 元
31. 從星座透視健康	席拉・吉蒂斯著	180 元
32. 愉悅自在保健學	野本二士夫著	160 元
33. 裸睡健康法	丸山淳士等著	160 元
34. 糖尿病預防與治療	藤山順豐著	180 元
35. 維他命長生寶典	菅原明子著	180 元
36. 維他命 C 新效果	鐘文訓編	150 元
37. 手、腳病理按摩	堤芳朗著	160 元
38. AIDS 瞭解與預防	彼得塔歇爾著	180 元
39. 甲殼質殼聚糖健康法	沈永嘉譯	160 元
40. 神經痛預防與治療	木下真男著	160 元
41. 室內身體鍛鍊法	陳炳崑編著	160 元
42. 吃出健康藥膳	劉大器編著	180 元
43. 自我指壓術	蘇燕謀編著	160 元
44. 紅蘿蔔汁斷食療法	李玉瓊編著	150 元
45. 洗心術健康秘法	竺翠萍編譯	170 元
46. 枇杷葉健康療法	柯素娥編譯	180 元
47. 抗衰血癒	楊啟宏著	180 元
48. 與癌搏鬥記	逸見政孝著	180 元
49. 冬蟲夏草長生寶典	高橋義博著	170 元
50. 痔瘡・大腸疾病先端療法	宮島伸宜著	180 元
51. 膠布治癒頑固慢性病	加瀨建造著	180 元
52. 芝麻神奇健康法	小林貞作著	170 元
53. 香煙能防止癡呆？	高田明和著	180 元
54. 穀菜食治癌療法	佐藤成志著	180 元
55. 貼藥健康法	松原英多著	180 元
56. 克服癌症調和道呼吸法	帶津良一著	180 元

57. B 型肝炎預防與治療	野村喜重郎著	180 元
58. 青春永駐養生導引術	早島正雄著	180 元
59. 改變呼吸法創造健康	原久子著	180 元
60. 荷爾蒙平衡養生秘訣	出村博著	180 元
61. 水美肌健康法	井戶勝富著	170 元
62. 認識食物掌握健康	廖梅珠編著	170 元
63. 痛風劇痛消除法	鈴木吉彥著	180 元
64. 酸莖菌驚人療效	上田明彥著	180 元
65. 大豆卵磷脂治現代病	神津健一著	200 元
66. 時辰療法—危險時刻凌晨 4 時	呂建強等著	180 元
67. 自然治癒力提升法	帶津良一著	180 元
68. 巧妙的氣保健法	藤平墨子著	180 元
69. 治癒 C 型肝炎	熊田博光著	180 元
70. 肝臟病預防與治療	劉名揚編著	180 元
71. 腰痛平衡療法	荒井政信著	180 元
72. 根治多汗症、狐臭	稻葉益巳著	220 元
73. 40 歲以後的骨質疏鬆症	沈永嘉譯	180 元
74. 認識中藥	松下一成著	180 元
75. 認識氣的科學	佐佐木茂美著	180 元
76. 我戰勝了癌症	安田伸著	180 元
77. 斑點是身心的危險信號	中野進著	180 元
78. 艾波拉病毒大震撼	玉川重德著	180 元
79. 重新還我黑髮	桑名隆一郎著	180 元
80. 身體節律與健康	林博史著	180 元
81. 生薑治萬病	石原結實著	180 元
82. 靈芝治百病	陳瑞東著	180 元
83. 木炭驚人的威力	大槻彰著	200 元
84. 認識活性氧	井土貴司著	180 元
85. 深海鮫治百病	廖玉山編著	180 元
86. 神奇的蜂王乳	井上丹治著	180 元
87. 卡拉 OK 健腦法	東潔著	180 元
88. 卡拉 OK 健康法	福田伴男著	180 元
89. 醫藥與生活(二)	鄭炳全著	200 元
90. 洋蔥治百病	宮尾興平著	180 元
91. 年輕 10 歲快步健康法	石塚忠雄著	180 元
92. 石榴的驚人神效	岡本順子著	180 元
93. 飲料健康法	白鳥早奈英著	180 元
94. 健康棒體操	劉名揚編譯	180 元
95. 催眠健康法	蕭京凌編著	180 元
96. 鬱金（美王）治百病	水野修一著	180 元
97. 醫藥與生活(三)	鄭炳全著	200 元

・實用女性學講座・大展編號 19

1.	解讀女性內心世界	島田一男著	150 元
2.	塑造成熟的女性	島田一男著	150 元
3.	女性整體裝扮學	黃靜香編著	180 元
4.	女性應對禮儀	黃靜香編著	180 元
5.	女性婚前必修	小野十傳著	200 元
6.	徹底瞭解女人	田口二州著	180 元
7.	拆穿女性謊言 88 招	島田一男著	200 元
8.	解讀女人心	島田一男著	200 元
9.	俘獲女性絕招	志賀貢著	200 元
10.	愛情的壓力解套	中村理英子著	200 元
11.	妳是人見人愛的女孩	廖松濤編著	200 元

・校園系列・大展編號 20

1.	讀書集中術	多湖輝著	180 元
2.	應考的訣竅	多湖輝著	150 元
3.	輕鬆讀書贏得聯考	多湖輝著	180 元
4.	讀書記憶秘訣	多湖輝著	180 元
5.	視力恢復！超速讀術	江錦雲譯	180 元
6.	讀書 36 計	黃柏松編著	180 元
7.	驚人的速讀術	鐘文訓編著	170 元
8.	學生課業輔導良方	多湖輝著	180 元
9.	超速讀超記憶法	廖松濤編著	180 元
10.	速算解題技巧	宋釗宜編著	200 元
11.	看圖學英文	陳炳崑編著	200 元
12.	讓孩子最喜歡數學	沈永嘉譯	180 元
13.	催眠記憶術	林碧清譯	180 元
14.	催眠速讀術	林碧清譯	180 元
15.	數學式思考學習法	劉淑錦譯	200 元
16.	考試憑要領	劉孝暉著	180 元
17.	事半功倍讀書法	王毅希著	200 元
18.	超金榜題名術	陳蒼杰譯	200 元
19.	靈活記憶術	林耀慶編著	180 元
20.	數學增強要領	江修楨編著	180 元

・實用心理學講座・大展編號 21

1.	拆穿欺騙伎倆	多湖輝著	140 元
2.	創造好構想	多湖輝著	140 元
3.	面對面心理術	多湖輝著	160 元
4.	偽裝心理術	多湖輝著	140 元

5. 透視人性弱點	多湖輝著	180 元
6. 自我表現術	多湖輝著	180 元
7. 不可思議的人性心理	多湖輝著	180 元
8. 催眠術入門	多湖輝著	150 元
9. 責罵部屬的藝術	多湖輝著	150 元
10. 精神力	多湖輝著	150 元
11. 厚黑說服術	多湖輝著	150 元
12. 集中力	多湖輝著	150 元
13. 構想力	多湖輝著	150 元
14. 深層心理術	多湖輝著	160 元
15. 深層語言術	多湖輝著	160 元
16. 深層說服術	多湖輝著	180 元
17. 掌握潛在心理	多湖輝著	160 元
18. 洞悉心理陷阱	多湖輝著	180 元
19. 解讀金錢心理	多湖輝著	180 元
20. 拆穿語言圈套	多湖輝著	180 元
21. 語言的內心玄機	多湖輝著	180 元
22. 積極力	多湖輝著	180 元

・超現實心靈講座・大展編號 22

1. 超意識覺醒法	詹蔚芬編譯	130 元
2. 護摩秘法與人生	劉名揚編譯	130 元
3. 秘法！超級仙術入門	陸明譯	150 元
4. 給地球人的訊息	柯素娥編著	150 元
5. 密教的神通力	劉名揚編著	130 元
6. 神秘奇妙的世界	平川陽一著	200 元
7. 地球文明的超革命	吳秋嬌譯	200 元
8. 力量石的秘密	吳秋嬌譯	180 元
9. 超能力的靈異世界	馬小莉譯	200 元
10. 逃離地球毀滅的命運	吳秋嬌譯	200 元
11. 宇宙與地球終結之謎	南山宏著	200 元
12. 驚世奇功揭秘	傅起鳳著	200 元
13. 啟發身心潛力心象訓練法	栗田昌裕著	180 元
14. 仙道術遁甲法	高藤聰一郎著	220 元
15. 神通力的秘密	中岡俊哉著	180 元
16. 仙人成仙術	高藤聰一郎著	200 元
17. 仙道符咒氣功法	高藤聰一郎著	220 元
18. 仙道風水術尋龍法	高藤聰一郎著	200 元
19. 仙道奇蹟超幻像	高藤聰一郎著	200 元
20. 仙道鍊金術房中法	高藤聰一郎著	200 元
21. 奇蹟超醫療治癒難病	深野一幸著	220 元
22. 揭開月球的神秘力量	超科學研究會	180 元
23. 西藏密教奧義	高藤聰一郎著	250 元

24. 改變你的夢術入門	高藤聰一郎著	250 元
25. 21 世紀拯救地球超技術	深野一幸著	250 元

・養生保健・大展編號 23

1. 醫療養生氣功	黃孝寬著	250 元
2. 中國氣功圖譜	余功保著	250 元
3. 少林醫療氣功精粹	井玉蘭著	250 元
4. 龍形實用氣功	吳大才等著	220 元
5. 魚戲增視強身氣功	宮　嬰著	220 元
6. 嚴新氣功	前新培金著	250 元
7. 道家玄牝氣功	張　章著	200 元
8. 仙家秘傳袪病功	李遠國著	160 元
9. 少林十大健身功	秦慶豐著	180 元
10. 中國自控氣功	張明武著	250 元
11. 醫療防癌氣功	黃孝寬著	250 元
12. 醫療強身氣功	黃孝寬著	250 元
13. 醫療點穴氣功	黃孝寬著	250 元
14. 中國八卦如意功	趙維漢著	180 元
15. 正宗馬禮堂養氣功	馬禮堂著	420 元
16. 秘傳道家筋經內丹功	王慶餘著	300 元
17. 三元開慧功	辛桂林著	250 元
18. 防癌治癌新氣功	郭　林著	180 元
19. 禪定與佛家氣功修煉	劉天君著	200 元
20. 顛倒之術	梅自強著	360 元
21. 簡明氣功辭典	吳家駿編	360 元
22. 八卦三合功	張全亮著	230 元
23. 朱砂掌健身養生功	楊永著	250 元
24. 抗老功	陳九鶴著	230 元
25. 意氣按穴排濁自療法	黃啟運編著	250 元
26. 陳式太極拳養生功	陳正雷著	200 元
27. 健身祛病小功法	王培生著	200 元
28. 張式太極混元功	張春銘著	250 元
29. 中國璇密功	羅琴編著	250 元
30. 中國少林禪密功	齊飛龍著	200 元
31. 郭林新氣功	郭林新氣功研究所	400 元
32. 太極八卦之源與健身養生	鄭志鴻等著	280 元

・社會人智囊・大展編號 24

1. 糾紛談判術	清水增三著	160 元
2. 創造關鍵術	淺野八郎著	150 元
3. 觀人術	淺野八郎著	200 元

4.	應急詭辯術	廖英迪編著	160 元
5.	天才家學習術	木原武一著	160 元
6.	貓型狗式鑑人術	淺野八郎著	180 元
7.	逆轉運掌握術	淺野八郎著	180 元
8.	人際圓融術	澀谷昌三著	160 元
9.	解讀人心術	淺野八郎著	180 元
10.	與上司水乳交融術	秋元隆司著	180 元
11.	男女心態定律	小田晉著	180 元
12.	幽默說話術	林振輝編著	200 元
13.	人能信賴幾分	淺野八郎著	180 元
14.	我一定能成功	李玉瓊譯	180 元
15.	獻給青年的嘉言	陳蒼杰譯	180 元
16.	知人、知面、知其心	林振輝編著	180 元
17.	塑造堅強的個性	坂上肇著	180 元
18.	為自己而活	佐藤綾子著	180 元
19.	未來十年與愉快生活有約	船井幸雄著	180 元
20.	超級銷售話術	杜秀卿譯	180 元
21.	感性培育術	黃靜香編著	180 元
22.	公司新鮮人的禮儀規範	蔡媛惠譯	180 元
23.	傑出職員鍛鍊術	佐佐木正著	180 元
24.	面談獲勝戰略	李芳黛譯	180 元
25.	金玉良言撼人心	森純大著	180 元
26.	男女幽默趣典	劉華亭編著	180 元
27.	機智說話術	劉華亭編著	180 元
28.	心理諮商室	柯素娥譯	180 元
29.	如何在公司崢嶸頭角	佐佐木正著	180 元
30.	機智應對術	李玉瓊編著	200 元
31.	克服低潮良方	坂野雄二著	180 元
32.	智慧型說話技巧	沈永嘉編著	180 元
33.	記憶力、集中力增進術	廖松濤編著	180 元
34.	女職員培育術	林慶旺編著	180 元
35.	自我介紹與社交禮儀	柯素娥編著	180 元
36.	積極生活創幸福	田中真澄著	180 元
37.	妙點子超構想	多湖輝著	180 元
38.	說 NO 的技巧	廖玉山編著	180 元
39.	一流說服力	李玉瓊編著	180 元
40.	般若心經成功哲學	陳鴻蘭編著	180 元
41.	訪問推銷術	黃靜香編著	180 元
42.	男性成功秘訣	陳蒼杰編著	180 元
43.	笑容、人際智商	宮川澄子著	180 元
44.	多湖輝的構想工作室	多湖輝著	200 元
45.	名人名語啟示錄	喬家楓著	180 元
46.	口才必勝術	黃柏松編著	220 元
47.	能言善道的說話秘訣	章智冠編著	180 元

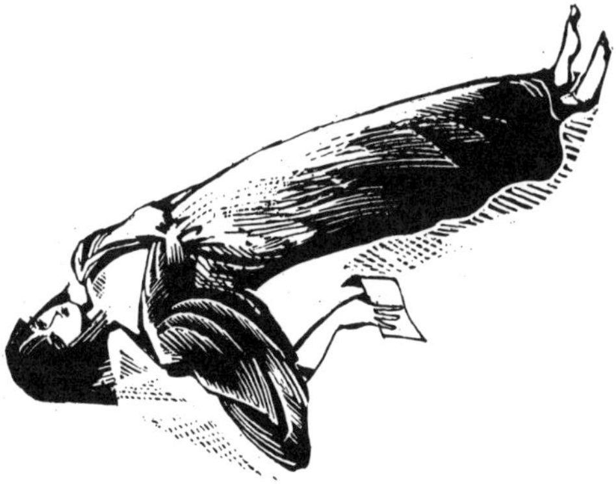

國家圖書館出版品預行編目資料

大金塊／江戶川亂步著；施聖茹譯
－－初版－臺北市，品冠文化，2002〔民 91〕
面；21 公分 ──（少年偵探；4）
譯自：大金塊
ISBN 957-468-112-2（精裝）

861.59　　　　90019496

版權仲介：京王文化事業有限公司

少年偵探 4 **大　金　塊**　　ISBN 957-468-112-2

著　　者／江戶川亂步
譯　　者／施　聖　茹
發 行 人／蔡　孟　甫
出 版 者／品冠文化出版社
社　　址／台北市北投區（石牌）致遠一路 2 段 12 巷 1 號
電　　話／(02) 28233123・28236031・28236033
傳　　真／(02) 28272069
郵政劃撥／19346241
E－mail／dah-jaan @ms 9. tisnet. net. tw
登 記 證／北市建一字第 227242 號
區域經銷／千淞圖書有限公司
地　　址／三重市中興北街 186 號 5 樓
電　　話／(02)29999958
承 印 者／國順文具印刷行
裝　　訂／源太裝訂實業有限公司
排 版 者／千兵企業有限公司
初版1刷／2002 年（民 91 年）2 月

特　價／230 元

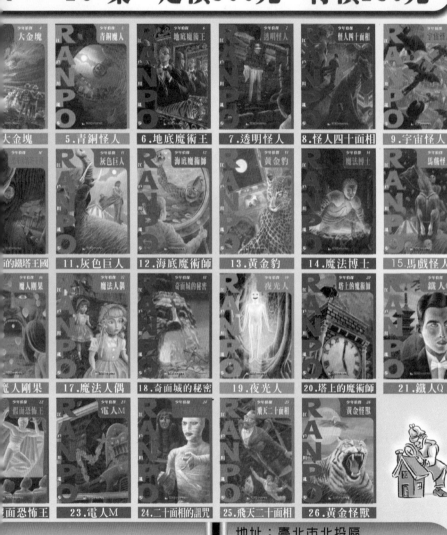